나는 냥이로소이다

KB191912

나는 냥이로소이다

웬만해선 중심을 잃지 않는 고양이의 바깥세상 참견기

고양이 **만세** 지음
반려인 **신소윤** 옮김

21세기북스

만세

중성화한 수컷 고양이. 2011년 2월 서울의 한 가정집에서 태어났다. 코리안숏헤어·터키시앙고라의 피를 반반씩 물려받아 얼굴과 체형은 코리안숏헤어, 털색은 터키시앙고라의 흰색이다. 팔다리를 뻗어 '만세'하듯 보이는 동작이 특기라 이름도 '만세'가 됐다.

직업	고양이 기자, 육아냥
좋아하는 것	명상(이라고 쓰고 '멍때리기'라고 읽는다), 아기 지우의 머리 냄새
싫어하는 것	생선(고양이에게 생선 가게 맡기시라)
잘하는 것	사람들에게 친한 척하기(손님이 오면 일단 머리부터 들이밀고 본다)
못하는 것	운동(끈기는 남의 것)

제리

 중성화한 수컷 개 치와와. 2010년 10월 종견장에서 태어나 12월 서울 충무로 애견숍에서 반려인을 만났다. 체질적으로 몸이 약하다. 이름은 '톰과 제리'에서 따온 '제리'다.

직업	무직
좋아하는 것	먹는 것(특히 고구마, 옥수수 같은 구황작물을 사랑한다), 그리고 산책
싫어하는 것	겨울(추위에 약해 조금만 기온이 떨어지면 온몸을 오들오들 떤다)
잘하는 것	산책 가다 말고 버티기, 변덕의 왕
못하는 것	'앉아', '일어서', '누워' 등 인간의 명령어에 절대 반응하지 않는다

지우

가장 늦게 가족으로 합류했지만 존재감은 압도적. 가정 내 서열은 1위. 제리와는 경쟁 관계, 만세와는 전략적 동반자 관계를 유지하고 있다.

직업	무직
좋아하는 것	먹는 것(제리와 자주 싸우는 이유다. 그렇지만 제리와 함께하는 산책 또한 사랑한다)
싫어하는 것	먹을 것을 빼앗기는 것
잘하는 것	와르르(무채색의 집을 10초 만에 화려한 장난감으로 수놓을 수 있다)
못하는 것	정리(엄마로부터 놀라운 정리 제로 능력을 물려받았다)

반려인 1

지우의 엄마이자 제리, 만세의 반려인. 본인은 부정하지만 만세보다 제리를 좀 더 살뜰하게 챙기는 경향이 있다.

직업	기자
좋아하는 것	요리, 제리·만세 관찰하기
싫어하는 것	설거지
잘하는 것	화르륵(쉽게 끓어오른다)
못하는 것	정리(일단 쑤셔 넣고 서랍이든 뚜껑이든 닫고 본다)

반려인 2

지우의 아빠이자 제리, 만세의 반려인. 본인은 부정하지만 만세를 편애하는 경향이 있다.

직업	엔지니어
좋아하는 것	제리, 지우, 반려인 1과의 산책
싫어하는 것	드라마 보다가 중간에 끊기(연속극 마니아)
잘하는 것	드르륵(무엇이든 만들어드립니다)
못하는 것	화르르(양은냄비 같은 반려인 1을 이해할 수 없다)

차례

3장 고양이가 개를 형님으로 모셔야 한다니

4장 인간이여, 항상 고민이 많구나

5장 고양이의 꿈은 지구 정복

6장 오늘도 나는 보내지 못한 편지를 쓴다

느긋한 고양이의 삶은
온데간데없고

내 이름은 만세. 글 쓰는 고양이다.

반려인 1이 육아휴직 중에 날품팔이 글을 쓰는 걸 돕다가 본격 고양이 기자가 되었다. '육아냥'이기도 하다.

나는 2011년 이른 봄에 평범한 가정집에서 태어났다. 젊은 인간 커플이 나의 첫 반려인들이었다. 그들은 고양이 두 마리를 키우고 있었고, 코리안숏헤어 엄마와 터키시앙고라 아빠 사이에서 내가 나왔다. 나와 똑 닮은 형도 있었다. 내 이마에는 지금은 사라지고 없지만 까만색 점이 하나 있었는데 형과 나는 점 하나로 구분이 됐다. 성별을 가늠하기 어려웠던 어린 시절, 한동안 나는 점순이라 불리기도 했다.

같은 해 봄 나는 내가 태어난 집을 떠나 다른 집으로 입양됐다. 지금 나의 반려인이 된 그들도 그때는 젊은 부부였다. 고양이 여러 마리가 뛰어다녔던 이전 집과 다르게 늘 고요했다. 이따금 귀에 거슬리는 게 있다면 고양이와 다르게 시끄럽고 낯선 개의 발걸음 소리. 그렇게 나는 지금의 반려인들과 검은 개 한 마리와 가족을 이루게 됐다. 그리고 얼마 안 되어 시끄럽지만 사랑스럽고, 귀엽지만 얄미운 사람 아기 한 명도 우리 곁에 엉덩이를 밀어 넣으며 일원이 됐다.

고양이들은 자라서 제 밥그릇 챙길 여력이 되면 자기 영역을 찾아 떠난다. 나도 '언젠가는 엄마, 아빠의 품을 떠나겠지. 나는 어떤 고양이로 살게 될까?' 하고 속으로 그려본 적이 있었다.

원래부터 성격이 느긋하고 매사 서두르는 법이 없어, 푸르스름한 새벽에 기지개를 켜고 일어나 고요한 거실을 거닐다가 식구들이 하나둘 깨는 걸 보고, 낮 시간에는 푸릇푸릇한 정원이 내려다보이는 아담한 테라스에 배를 깔고 앉아 있으리라 상상했다. 볕이 잘 드는 집이면 좋겠다고 생각했다. 등 뒤로 내리쬐는 햇살이 적당히 따사로웠으면 했다. 이따금 날아가는 새와 나비를 좇으며 시간을 보내다 어둠이 내려앉으면 고요히 시간을 보냈으면 했다. 밤이 깊으면 사냥을 나가고, 어떤 날에는 신나게 우다다도 할 수 있으면 좋겠다고 생각했다…. 하지만 세상에, 내 삶에 생각지도 못한 사람 아기와 반려견이 쳐들어올 줄이야!

여기 쓰인 글들은 한 치 앞도 모를 묘생이지만 다행히 어제도, 오늘도 별일 없이 사는 나의 이야기다. 고양이 작가계의 거두, 소설 《나는 고양이로소이다》의 고양이 스승이 말했듯 "발이 네 개 있는데도 두 개밖에 사용하지 않는 것부터가 사치"스러운 인간들의 세계에 어쩔 수 없이 스며들어 사는 고양이의 묘생 일기다.

《나는 냥이로소이다》작가 '만세'입니다만.

고양이 멋대로 생각한
인간의 언어

감자

고양이 소변이 모래에 스며들어 뭉친 덩어리. 감자는 특히
고양이의 건강을 확인하는 지표다. 건사료를 먹으며 집냥이
들이 잘 걸리는 질병 가운데 신장이나 방광과 연관된 것이
많다. 반려인들은 감자 생산에 활발한 고양이들에게 칭찬의
'궁디팡팡'을 해줄 것.

개

고양이와 원수지간이라고 알려져 있지만 우리 고양이들은
결코 그들을 원수라고 생각하지 않는다. 다만 우리보다 좀
아래에 있는 존재들이라 생각할 뿐. 매사 시끄럽고 부산스

럽다. 하지만 정이 많고 따뜻한 건 인정.

고등어

배가 하얗고 등에는 짙은 색의 줄무늬가 있는 고양이들을
가리키는 말이다. 이 무늬를 가진 친구들 중에 덩치가 큰 아
이들은 어쩐지 다른 무늬를 지닌 아이들보다 더 우람하고
육중해 보여 자기 영역에서 대장 역할을 하는 경우가 많다.

고양이 키스

고양이가 상대에게 시선을 맞춰 천천히 눈을 깜박이면서 호
의를 표하는 신호. 고양이의 성격에 따라 반응하는 방식도
다르다. 어릴 적 고양이 가족과 일찍 헤어져 인간 세계에 스
며든 나 같은 고양이는 처음에 반려인이 나를 보고 눈을 깜
박이길래 눈에 먼지가 들어간 줄?!

골골송

고양이가 기분 좋을 때 내는 소리. 고양이에게는 세상에 알
려지지 않은 비밀스런 장기가 하나 있다. 우리 몸속 어딘가

고양이어
사전

엔 '골골 엔진'이 있다. 기분이 일정 수준 이상으로 좋아지면 들기에 따라 드르렁드르렁, 골골골골, 그릉그릉 하는 소리가 깊은 곳에서부터 퍼져 나온다.

궁디팡팡

고양이 꼬리 윗부분 엉덩이를 신나게 '팡팡' 두드리는 행위. 고양이에 따라 호불호가 있다. 고양이와 스킨십을 하며 친해지고 싶다면 턱 아래, 귀 옆 등을 부드럽게 쓰다듬어주면 기본 80점은 받을 수 있지만 궁디팡팡을 하면 100점 만점을 받거나 0점이거나 둘 중 하나.

그루밍

고양이의 털 손질. 제 기능을 다한 털을 버리고 피부 아래 피지선을 자극해 지방을 골고루 분비해서 새 털이 건강하게 자라도록 한다지만, 그냥 예뻐 보이려고 하는 것.

길고양이

길에 사는 고양이들. 내 마음의 친구들. 도시의 삶을 온몸으로 견뎌내는 이 시대의 수행자들.

꾹꾹이

고양이들이 엄마 젖 먹을 때 하는 행동으로, 성묘가 돼서도
무의식중에 두 앞발을 푹신한 물건에 대고 교대로 움직이는
행위. 자칫 밤에 잠들어 있는 반려인에게 했다간 엉덩이를
맞고 침대 밖으로 쫓겨나기 일쑤다.

냥파고

알파고에 비견하는 고양이의 능력. 인공지능의 시대를 넘어
고양이의 시대로!

마감

그것은 지옥. 마감이 없다면 세상의 수많은 책, 신문, 잡지,
영화, 드라마 따위는 만들어지지 않았으리란 걸 깨달은 고
양이라니. 오늘 밤에도 어디선가 마감 지옥에 허덕이는 마
감 노동자들이 있으리.

마운팅

동물들이 다른 동물의 등을 올라 타 교미를 하는 듯한 행위.
자기보다 서열을 아래로 두고 싶은 동물에게 일부러 마운팅
을 하는 경우도 있다. 끝없이 '현실 서열'을 전복하고 싶어

하는 제리 형님이 나에게 하는 행위이기도 함.

맛동산

고양이의 대변. 하루에 2~3번씩 맛동산을 깔끔하고 아름답게 뽑아내야 그날 해야 할 도리를 다했다고 할 수 있다.

멍때림

인간들은 때때로 잊는, 삶에서 가장 필요한 순간. 놓으라, 더 많이 얻게 될지니. 속도를 줄여라, 더 많이 보게 될지니.

명절

고양이는 민족대이동을 하고 싶지 않다. 고양이는 고양이 집에 있고 싶다.

목욕

세상에서 가장 싫은 일. 뜨끈하다가 차갑다가 축축한 그 느낌을 견디기가 너무 어렵다. 고양이는 목욕하지 않아도 깨끗한데, 이토록 하얗게 눈부신 나를 왜…?

반려인

고양이가 함께 살아주는 인간. 늘 사는 게 바쁘고 복잡하다.
그럴 일도 아닌데.

밤

고양이의 시간. 하지만 밤을 헐어 낮의 일을 하는 인간들에
게 침해받는 순간이 많다.

병원

병을 고쳐주는 곳. 그러나 가고 싶지 않은 곳, 가지 말아야
할 곳, 나의 광폭함을 숨길 수 없는 곳.

삼색이

흰색, 검은색, 노란색 털이 뒤섞여 있는 고양이를 가리킨다.
그중에서도 검은색이 더 많이 있는 경우는 카오스라고 불린
다. 털색이 다양한 만큼 화려하고 아름답다. 털이 백설기처럼
하얀 나 같은 고양이에 비하면 무늬가 강해서 어쩐지 좀 센
언니처럼 보이기도 한다. 유전적으로 암컷 고양이가 많다.

소파

유의어는 '스크래처'. 세상에 이토록 편안하고 뜯기 좋은 물건은 없는 것 같다. 하지만 평소 둔감한 반려인이 소파 뜯는 소리에는 바로 귀를 번쩍하며 달려와 엉덩이를 팡팡 때릴 수도 있으므로 주의해야 한다.

식빵 굽는다

고양이가 앞발을 가슴팍 아래 집어넣고 뒷발은 배 아래로 곱게 접어 넣어 네모 모양의 식빵처럼 앉아 있는 자세. 이런 자세로 있을 때는 누군가의 공격을 받으면 빠르게 대처하기 힘들기 때문에 마음이 편할 때나 이런 자세를 취한다. 아플 때도 자주 식빵을 구우므로 주의해서 볼 것.

아기

유의어는 '1인자'. 그가 집에 온 순간 그의 모든 행동에 절절 매던 반려인들의 모습을 잊을 수 없다. 어린이로 진화할수록 귀여움 수치는 하락, 말 통함 수치는 상승.

애견숍

개, 고양이들이 팔려나가는 곳. 신생아나 다름없는 동물들이 값이 매겨지는 곳. 인간 세상은 일면 행복하면서도 이렇게 지옥도 많다.

우다다

고양이들이 야생의 본능을 살려 질주하는 일. 고양이들이 우다다를 할 때는 발소리보다 공기를 후다닥 가르는 소리가 더 크다. 고양이는 발바닥에 폭신한 패드가 있는데다 위협을 당했을 때가 아니면 발톱을 좀처럼 세우지 않으므로 뛸 때 쿵쿵거리거나 바닥 긁는 소리가 나지 않는다. 고양이가 우다다를 할 때마다 사람처럼 쿵쿵댔다가는 아마도 도시에 깃들기 힘들었으리라. 발걸음부터 한 수 위인 고양이란 존재!

육아

아이를 돌보는 일. 하지만 이 일은 몇 개의 단어로 요약할 수 있는 일이 아니다. '먹이고 씻기고 재우고'를 수많은 도돌이표를 찍으며 반복하는 일. 쉬워 보이지만 단 한 순간도 뜻대로 되지 않는 일. 외롭고 고단하며 도망가고 싶지만 어느 순간 사르르 녹는 순간이 있어 결코 벗어나지 못하는 행복하고 고단한 굴레.

육포

나와 제리 형님이 열광하는 것. 고기를 잘 말려 적당한 양념을 해도 좋고, 안 해도 담백해서 좋다. 하지만 마트에서 굉장히 싸게 판매되는 이 물건들을 보며 종종 우리는 이것이 너무 쉽게 만들어진 건 아닌가 생각한다.

장난감

고양이들의 유희거리. 쥐돌이가 대부분이고 새, 벌레 모형도 있다. 주로 고양이의 사냥 본능을 자극한다. 장난감을 가지고 놀다 보면 반려인은 팔 아프고, 고양이는 진짜 사냥이 아니었다는 사실을 깨닫고 시무룩해진다.

장롱

옷이나 이불 따위를 보관하는 인간들의 물건. 하지만 우리에게는 깊은 수면 세계로 통하는 통로다. 인간들이 장롱 문을 여는 틈을 타 소리 없이 들어가 깊은 잠에 빠져들곤 한다. 오래된 옷 냄새와 적당한 먼지 냄새가 편안한 곳. 하지만 너무 오래 숨어 있었다가는 온 집을 뒤집으며 고양이를 찾던 반려인에게 발견돼 궁디팡팡을 당하는 곳.

젤리

고양이 발바닥을 일컫는 말. 말랑하고 부드러워 젤리라 부른다. 고양이에 따라 깜장 젤리, 분홍 젤리 등을 갖고 있다. 아무리 높은 곳을 오르락내리락해도 늘 말랑함을 유지하는 신비로운 부분.

체중계

오르면 안 되는 곳. 오르는 순간 잔혹한 다이어트의 세계로 빠져드는 지옥의 통로.

캔

고양이 습식 사료 또는 간식이 담겨 있는 물건. 딸깍 소리만 내도 고양이의 이목을 집중시킬 수 있는 물건. 맛있다! 특히 내가 좋아하는 것은 치킨 캔!!

크리스마스이브

인간들의 축제. 그들이 1년 가운데 가장 즐겁게 보내는 밤. 그러나 애견숍은 개와 고양이를 선물하려는 이들로 어느 밤보다 분주해져서 우리에게는 조금 두렵고도 서글픈 날.

고양이어
사전

택배 아저씨

모든 인간이 기다리는 존재. 그가 왔다는 벨이 울리면 인간들은 나비처럼 날아 벌처럼 인터폰 수신 버튼을 누른다.

턱시도

발끝이나 배 부분만 흰 털이고 등과 얼굴은 까만 털로 덮여 있어 마치 턱시도를 입은 것처럼 보이는 고양이를 가리키는 말이다. 털이 난 모양 때문인지 이들이 동그랗게 눈을 키우고 끔뻑거리며 쳐다볼 때는 실수가 잦은 얼렁뚱땅 신사처럼 보인다.

하악질

고양이가 화가 났을 때, 목구멍에서 공기를 품었다 뿜어내며 '하악' 소리를 내는 것. 느긋하고 남 일에 신경 쓰지 않는 고양이들은 웬만큼 신경질이 나지 않는 이상 하악질을 하지 않는다. 그러나 제대로 하악질을 할 때는 온몸의 털과 발톱 모두 곤두세우는 건 추가 옵션.

나는
냥이로소이다

화장실

고양이가 맛동산과 감자를 생산하는 곳. 그러나 육아냥이라면 한 줄 더 추가. 육아냥에게 화장실이란 문을 열어놓고 용변을 봐야 하는 곳이다. 아기는 자신을 돌보는 존재가 눈앞에서 사라지면 매우 불안해하기 때문이다.

*끝

1장

나, 고양이 만세

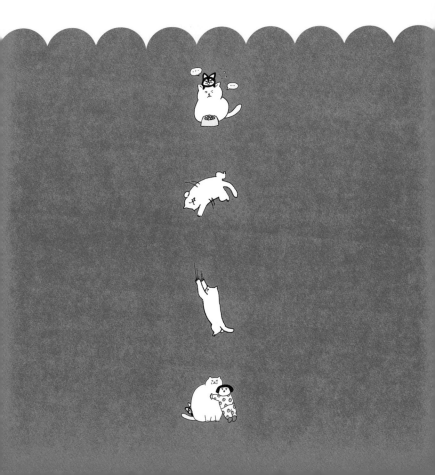

이들을 만난 것은
어쨌거나 운명이겠지

우리 만남은 우주의 섭리

제리 형님

그의 첫인상은 발소리로 기억된다. 발톱이 마룻바닥에 닿을 때마다 '찹찹찹찹' 소리가 났다. 고양이는 늘 발톱을 안으로 숨기고 걷는데다 사뿐사뿐 움직여서 기척이 느껴지지 않는다. 그런데 이 형님은 왜 이리도 존재감을 드러내며 다니는 걸까. 제리 형님을 처음 만났을 때 그는 날래고 번잡스러운 개였다. 툭하면 두루마리 휴지를 다 풀어 헤쳐 반려인에게 혼나기 일쑤였고, 잠자리에 들 때면 땅을 파듯 제 방석을 긁으며 부산을 떨었다.

하지만 2011년 어느 겨울, 입에서 거품을 토하며 쓰러진 이후로 그의 번잡함도 조금 잦아들었다. 물론 여전히 나를 제압

하려는 듯 마운팅을 하고 내가 장난을 걸면 이는 드러내지 않지만 작은 소리로 으르렁대며 자기 존재를 드러내려 한다.

그가 약하지만 쓰러지지 않고 하루하루를 잘 살아내고 있음에 때때로 안도한다. 반려인들이 모두 외출한 낮 시간, 나의 유일한 동반자이자 서로의 기척을 확인하는 존재. 그나저나 개의 안녕과 건강을 염려하는 고양이의 삶이라니.

아기 지우

우아하고 느긋한 삶은 다음다음 생 정도로 기약한 지 오래지만 우아한 묘생의 또 다른 훼방꾼을 만날 줄이야. 사람 아기는 개도, 사람 어른도 아닌 전혀 다른 유형의 종이었다.

지우라는 이름의 이 아기는 어마어마한 데시벨로 울어대며 존재를 과시했다. 손에 잡히는 건 뭐든지 입에 집어넣어 침을 발라 내놓았다. 고양이처럼 낭창낭창 걷지 못하고 배로, 무릎으로 온 바닥을 닦고 다녔다. 원하는 것을 얻지 못하면 신경질을 내고, 뜻대로 되면 금세 웃었다.

처음에는 그런 감정의 롤러코스터에 정신을 차릴 수 없었지만, 이제는 지우가 너무 좋아져서 밤마다 머리에 코를 박고 냄새를 맡다 옆에 앉아 하염없이 골골송을 부르게 되었으니, 이 또한 알 수 없는 묘생이다.

반려인들

나를 육아의 세계로 인도한 이들. 나의 원수?! 편의상 지우 엄마를 반려인 1, 아빠를 반려인 2라 칭한다.

늘 차갑게 말하는 냉미녀…는 아니고, 하여튼 냉랭하기 짝이 없는 반려인 1을 다시 본 적이 있다. 내가 지금의 반려인들과 살게 된 지 1년쯤 지났을 때였을까. 나는 알 수 없는 이유로 식욕을 잃었다. 하루가 지나고 이틀이 지나도록 밥을 먹지 않자 반려인들이 나를 걱정하기 시작했다.

> "애, 너 어쩌자고 이리 식음을 전폐
> 하고 있니?"(안절부절)

예전에 아기 고양이를 잃었던 적이 있던 그들은 내가 밥을 먹지 않자 심장이 쿵, 내려앉은 듯했다. 평소 감정 표현을 잘하지 않는 반려인 1은 안절부절못하기 시작했고, 미간을 찌푸린 적 없던 반려인 2조차 눈썹이 자글자글해지도록 심각한 표정을 지었다.

하지만 식욕은 돌아오지 않았고 나는 밥 근처에 가기도 싫었다. 밥을 여러 끼 거르니 점점 몸에서 힘이 없어졌다. 고양이는 예민한 동물이라 식욕을 잃고 밥을 먹지 않으면 건강 상태가 급격히 나빠질 수도 있다는 말을 어디서 듣고 온 반려인 1은 급히 병원을 수소문했다.

여의도, 마포, 이태원 등 여러 병원을 전전했지만 어떤 의사도 내 병명을 진단하지 못했다. 고양이에게 치명적인 병일지도 모른다며 검사를 할 때마다 반려인 1은 초조해했다. 다행히 결과는 모두 음성이었지만 안심도 잠시, 의심병이 심한 그녀는 병명을 알 수 없는 병에 걸린 것이 아닌가 하며 더 큰 걱정의 구렁텅이에 빠지곤 했다.

며칠 병원 투어를 하던 반려인 1은 자포자기하는 심정으로 내 등을 한참 쓰다듬고 토닥이며 습식 사료를 작은 주사기에 담아 내 입에 짜 넣어주었다.

'아니, 갑자기 이분이 왜 이러시지?'

(불편해 안절부절)

무슨 일에든 무심한 그녀가 이렇게 열심이긴 처음이어서 반려인 2의 눈이 휘둥그레질 정도였다. 그런 지극정성에 하늘도, 아니 나 만세도 감복하여 멀리 도망갔던 식욕이 돌아왔다. 그때 그녀가 늘어져 있는 나를 포기했다면 어떻게 되었을까. 그러니 이렇게 만난 것도 우리의 운명, 알 수 없는 묘생이다.

이번 생은 나도 고양이가 처음이라서.

인간 세상은 오늘도
소란하기 짝이 없더군

별일 없이 사는 고양이의 일상

  나의 일상은 대체로 자거나, 먹거나 하는 일로 채워진다. 그 평온한 일상 가운데 사랑하게 된 것들이 있다.

  까무룩.

  장롱 속이나 침대 아래 같은 어둡고 고요한 곳에서 방해받지 않는 시간을 사랑한다. 인간 세계의 소음이 점점 멀어지고, 그러다 한잠 자고 일어나면 머릿속에서 맑은 종소리가 울린다. 그러나 때때로 내가 장롱이나 침대 아래 기어 들어가 있는 것도 모르고 반려인이 방문을 꼭꼭 닫아놓고 외출하면 당황스럽긴 하지만.

와르르.

밥그릇에 사료 쏟아지는 소리를 사랑한다. 가끔은 같이 사는 제리 형님의 밥도 뺏어 먹는다. 여기저기 몸이 아픈 형님은 처방식 사료를 먹는데, 이 사료는 기름기가 적고 맛이 없기로 유명하다. 그런데 나는 이 담백함이 너무 좋다.

"고양이가 개밥을 뺏어 먹어요."

반려인 1이 동물병원에 가서 하소연하면 의사며 간호사 모두 못 믿겠다는 듯한 표정으로 그녀를 쳐다본다고 한다.

냠냠.

세상에 맛있는 건 왜 이리 많을까. 배는 점점 바닥과 가까워지는데 먹고 또 먹어도 모자란다. 하지만 모름지기 고양이란 아무거나 먹지 않는 법. 나는 육식은 사랑하지만 채소와 생선은 싫어한다. 손으로 보드랍게 비빈 북어포를 주면 흥분하는 고양이들도 있다던데 도통 입맛이 돌지 않는다. 그러므로 고양이에게 생선 가게를 맡기면 안 된다는 말은 100퍼센트 다 옳다고 할 수 없다. 반려인 1의 지인과 함께 사는 고양이는 상추를 무지 좋아한다던데, 내겐 고양이 풀 뜯어 먹는 소리 같다.

푸드득.

눈앞에 아른거리며 움직이는 것, 날아다니는 것을 좋아한다. 축 처진 배와 거대한 엉덩이가 무색하게 늘 사냥 본능을 놓지 않는다. 물론 고양이는 현실에 존재하는 것만 쫓는다. 눈에 보이지 않는 것들을 붙들려고 부단히 애쓰는 인간들보다 고양이가 나은 존재인 이유다.

이 모든 사랑하는 것들을 인간 셋과 개 한 마리와 공유하며 살고 있다. 지는 해를 등지고 창가에 앉아 있노라면 반려인들은 내 눈을 가만히 들여다보며 이렇게 말한다.

> "너는 세상의 모든 이치를 알고 있는 것 같아."

햇볕이 내 흰 털에 반사돼 후광처럼 비치는 이때는 내가 봐도 좀 고양이의 신이랄까, 뭐 그런 것처럼 보인다. 동공을 실처럼 가늘게 해서 가만히 세상 돌아가는 걸 들여다보면 정말 모든 이치를 다 알 것 같기도 하고 아닌 것 같기도 하고.

나, 고양이
만세

4월의 어느 밤,
우리는 처음 만났지

북촌 골목 끝 집에 스며든 날

4월인데도 겨울처럼 추운 날이었다. 그날 반려인들은 침대에 나란히 앉아 이불을 가슴팍까지 폭 끌어안고 있었다. 반려인 1이 입을 뗐다.

"어떡하지? 데리러 가는 거지?"

그들은 마지막 순간까지도 자신들의 판단이 옳은지 갈피를 잡지 못했다.

"그러기로 결정했잖아."

조심스런 대화가 오가던 와중에 문자 메시지가 왔다. '6호선 연신내 역 앞에서 만나요.'

나와 처음 만난 그날을 반려인들은 아련한 눈빛으로 종종 회상하곤 한다. 그들이 그토록 망설였던 이유는 나보다 앞서 반려인들과 살았던 첫 번째 고양이 톰 때문이었다.

톰을 떠나보낸 지 두 달 후, 그들은 첫 번째 고양이가 마음속에서 잊히기도 전에 새 고양이 식구를 찾았던 것이 마음에 걸렸다. 하지만 아침에 출근해서 저녁까지 집을 비우는데 제리를 혼자 두는 것도 마음이 불편했다.

불편해 누가 먼저 말을 뱉진 못했지만, 아마도 새 고양이를 들이려는 가장 큰 이유는 쏟았던 마음과 정성을 다른 누군가에게 쏟고 싶었던 것이었을 게다. 그들의 집에 처음 갔을 때, 나는 톰의 밥그릇이며 장난감 등 톰이 쓰던 유품들을 그대로 물려받았다.

내가 온 첫날, 그들은 내가 듣지 못하리라 생각했는지 조용히 말했다.

"톰이랑 목소리도 다르고, 더 장난기도 많은 것 같아. 그치?"

어린 나는 반려인들의 첫 고양이 대신으로 들어온 것은 아
닌가 하는 자괴감에 빠질 뻔했다.

그날 저녁 8시, 나는 태어난 집을 떠나 작은 상자에 담겨 처
음 세상 밖으로 나왔다. 나와 쌍둥이처럼 닮은 하얀 털의 형,
그리고 아빠, 엄마와 헤어졌다.

> "잘 살아. 네 형도 곧 다른 집으로 입
> 양 갈 거야. 고양이는 혼자 사냥을
> 할 수 있게 되면 언젠가 엄마 품을
> 떠나는 법이야. 조금 일찍 헤어지게
> 됐지만 그래도 사랑받으며 자라렴."

나의 전 반려인이 내 머리를 쓰다듬으며 배웅했다.

그렇게 기와지붕 처마 끝에 지는 해가 걸리는 동네, 미로 같
은 골목과 마법 같은 지름길 계단이 있는 신비로운 동네를 한
참 돌아 지금 반려인들의 집에 도착했다. 북촌 골목 끝에 매달
려 있던 그들의 작은 집에는 까맣고 눈이 큰, '제리 형님'이라
는 개가 있었다.

나보다 1년 일찍 태어난 형님은 뾰족한 꼬리를 살랑살랑 흔
들며 다가와 냄새를 맡았다. 익숙하지 않은 사람과 동물, 익숙

하지 않은 냄새, 익숙하지 않은 풍경들…. 나는 모든 게 낯설어 어찌할 바를 모르고 종종걸음으로 집 안 곳곳을 다니며 야옹거렸다.

> "털이 하야니까 백설이라고 부를까?"
> "아냐, 너무 평범해."

이런 대화가 오가길 며칠째. 반려인들은 나를 데려온 지 한참이 지나도록 내게 이름을 붙여주지 못했다. 고양이를 잃은 경험이 있었던 그들은 모든 순간에 신중하고 싶었던 건지도 모른다.

이름도 없이 낯선 새집에서 제대로 자리 잡지 못하고 있던 나는 어떻게 이 집에서 살아야 할지 궁리하느라 바빴다. 가장 신경 쓰이는 건 아무래도 (당시엔) 나보다 덩치가 큰 제리 형님이었다.

> '저 형한테 호락호락하게 보이면 안 될 텐데.'

나는 제리 형님처럼 존재감 있게 까맣지도 않고, 발소리도 크지 않고, 짖을 줄도 모르고, 그저 하얀 털만 부숭부숭 날리는 작은 고양이였다. 치와와인 제리 형님은 나중엔 나보다 몸집이 작을 테지만, 그땐 겨우 생후 3개월이었던 나보다는 덩치가 훨씬 컸고 집 안의 곳곳을 나보다 더 잘 알아 터줏대감처럼 굴고 있었다.

궁리 끝에 나는 거실이든 방이든 형님과 마주칠 때마다 몸을 크게 키우기로 했다. 풀쩍 일어나 앞발을 최대한 높이 들고 만세를 불렀다. 전략은 성공적이었다. 내가 갑자기 몸을 크게 키워 일어나면 제리 형님은 컹 소리도 내지 않고 후다닥 도망갔다. 계속 스킬을 키워 숨 쉬듯이 만세를 해댔다. 형님은 처음만큼 놀라지는 않았지만 나의 포스에 어느 정도 기가 눌린 듯했다.

그러던 어느 날 빨래건조대에 걸린 커다란 수건 뒤에 숨어 제리 형님이 오기만을 기다리고 있었다. 수건이 걷히는 순간 나는 풀쩍 몸을 일으켜 만세를 불렀다. 그런데 내 눈앞에 보이는 건 제리 형님이 아닌 인간의 두 다리였다. 곧이어 동그란 두 눈이 내 얼굴과 마주했다. 빨래를 걷으러 온 반려인 1이 허리를 한참 숙여 어리둥절한 표정으로 나를 쳐다봤다. 이후 반려인에게 몇 차례 나의 '만세'가 목격됐다.

그렇게 그들은 나를 '만세'라고 부르기로 했다. 얼렁뚱땅 이름이 생겼다. 자꾸 만세를 해댄 탓도 있지만, 반려인은 그들의 첫 고양이처럼 짧고 아픈 생을 살지 말고 천년만년 건강하게 살라며 의미 부여를 했다.

이름이 생기고, 새집이 익숙해지고, 새 사람과 새 동물 가족이 익숙해지기 시작했다.

나의 치명적인 정수리 냄새까지 맡는 이 형님.

감히 고양이에게
생선을 들이대다니

비릿한 물건은 내 취향 아님

고양이에게 생선 가게를 맡기지 말라는 말이 있다. 생선을 팔기는커녕 좌판에 펼쳐놓은 생선을 홀랑홀랑 주워 먹을 여지가 다분한 고양이에게 가게를 맡겼다간 그날 하루를 공칠 수도 있다는 뜻이다. 하지만 그건 오해다. 사실은 고양이에게 생선 가게를 맡겨도 된다. 특히 나처럼 비릿한 생선 냄새에 치를 떠는 고양이라면….

"만세야, 이것 좀 먹어볼래? 너무 맛있어서 깜짝 놀랄걸."

어느 봄날 반려인 2가 제리 형님과 산책을 다녀오더니 주머니에서 캔을 하나 꺼냈다. 빈집을 지키고 있다가 산책 나간 식구들이 돌아오면 외로웠다고 "야옹, 야옹" 하며 투덜댔더니, 그게 내심 신경 쓰였던 모양이다. 반려인 2는 나의 반응을 기대하며 신나게 신상 캔을 뜯었다.

핑크색 코를 벌름거리며 반려인 2가 바닥에 내려놓은 그릇으로 다가갔다. 반려인 1과 지우도 잔뜩 기대한 표정으로 앉아 있었다.

"이게 뭐얏!!"

실로 그것은 반려인 2의 말대로 깜짝 놀랄 맛이었다! 아니, 도대체 어디서 이렇게 비릿하고 쿰쿰한 물건을 가져왔을까. 태어나서 처음 맡아보는 냄새와 맛이었다. 이렇게 질척하고 비린 것을 먹으라고 들이대다니.

평소 나를 그렇게나 사랑하는 것 같았던 반려인 2는 사실 나를 싫어했던 것일까. 이 캔을 만든 사람은 무슨 생각으로 이런 맛의 음식을 만든 것일까. 세상에 실제로 이런 맛을 좋아하는 고양이가 있을까. 그 음식에 코를 들이댔던 찰나 수많은 생각이 머릿속을 스쳤고, 나는 칠색 팔색을 하며 돌아섰다.

고양이들은 한 살 무렵이면 입맛이 완성된다고 한다. 조심스럽고 경계심이 강한 고양이들은 자기 입에 맞는 음식이 한 번 입력되고 나면 다른 음식을 받아들이기 위해 많은 시간과 공이 든다.

나는 어릴 적부터 생선을 먹은 적이 별로 없다. 반려인들은 간식으로 육포를 주거나 특식으로 닭 가슴살을 삶아주곤 했다. 가끔 몸이 약한 제리 형님에게 주려고 북어포를 물에 불려 짠 기운을 빼고 보신용 북어국을 끓여주곤 했는데 그걸 얻어먹은 적은 있다. 맹탕 같은 그 국에서 생선의 맛을 느낄 수는 없었다.

인간들은 나이가 들수록 낯선 상황에 놓이거나 새로운 경험을 하는 것을 두려워한다고 하는데, 우리 고양이들은 태어날 때부터 그렇다. 좋고 즐거운 것만 하고 살아도 모자란데 굳이 괴로운 일을 하려들지 않는다. 안 될 일을 되게 하려 노력하지 않는다.

뭔가를 먹는 것도 마찬가지다. 생선이 싫은 걸 어떡하나. 반려인들이 맛난 생선 요리를 맛보여주지 않았다는 것도 전혀 서운하지 않다. 고양이는 과거에 미련을 두고 돌아보지 않는다. 이미 고기와 사랑에 빠진 고양이는 생선의 맛에 길들여질 수가 없다. 한 번 사는 묘생, 맛없는 걸로 배를 불릴 수는 없지.

음, 이곳은 식빵 굽기
딱 좋은 장소군

고양이의 특별한 취미들

세상에서 가장 싫은 것은 단연코 생선이다. 물론 세상에서 가장 좋은 것도 있다. 그것은… 고기? 나의 핑크색 코를 휘감는 고기 냄새도 좋지만 그보다 더 사랑하는 것이 있으니, 명상 그리고 개밥이다. 너무나 이질적으로 보이지만 둘은 묘한 공통점이 있다. 하염없다는 것이다. 한없는 명상과 한없이 입속으로 들어가는 (고양이는 절대 먹으면 안 된다고 하지만 그래서 더) 중독적인 개 사료 맛.

인간들은 명상을 하기 위해 가부좌를 틀고 허리를 세운 다음 온몸에 밝은 기운이 스며들도록 턱을 살짝 드는 등 평소 잘 하지 않는 꼿꼿한 자세를 잡는다고 한다. 하지만 우리들은 일단 깐다. 무엇을? 바닥에 배를 깐다.

배를 깔고 엎드린 다음에는 앞발을 다소곳이 가슴으로 끌어당긴다. 뒷발은 조심스레 오므려 배와 허리를 받친다. 이것이 사람들이 말하는 고양이의 '식빵 자세'다. 앞발 두 개를 가지런히 접어 가슴팍에 묻고 뒷발도 모아 배 아래에 깔고 웅크린 자세. 위에서 내려다보면 꼭 통통하게 잘 구워진 식빵처럼 반듯하다.

명상을 할 수 있는 곳이라면 우리 고양이들은 어디서든 식빵을 굽는다. 몸을 단정한 네모 모양으로 만들고 천천히 눈을 감았다 떴다 한다. 그렇게 앉아 있다 보면 세상 시끄러운 소음이 고요하게 가라앉고 부산하던 공기가 차분해지는 것이 느껴진다. 사람들은 이렇게 고즈넉한 시간을 보내고 있는 우리를 보며 멍때리고 있다고 생각하는데, 맞다. 우리는 자고, 먹고, 우다다 하는 시간이 아니면 멍때리는 일상을 보낸다.

멍때리는, 아니 명상을 하기 가장 좋은 장소는 햇살이 반듯하게 내리쬐고 바람이 적당히 통해 공기가 잘 순환하는 곳이지만, 가만히 식빵만 구울 수 있는 곳이라면 어디든 괜찮다.

깊은 밤 노트북을 켜고 타닥거리며 앉아 있는 반려인 1의 발치도 좋고, 반려인 2가 대충 옷을 걸어둔 의자 아래 그늘도 좋다. 제리 형님의 마약 방석과 지우가 펼쳐놓고 간 어지러운

만세식 식빵 만들기

① 영차영차

② 영차 영차

③ 영차영차

④ 완성

장난감 사이도 좋다. 바람이 살랑대며 들어오는 창가도 좋고, 한여름 현관의 차가운 타일 바닥도 좋다. 그냥, 그 순간 가장 마음 편히 있을 수 있는 장소를 골라 걱정과 시름, 바쁨과 안달로부터 도망칠 수 있다면 그곳이 명상의 명당일지니.

'음, 여기가 식빵 굽기 좋겠군.'

시간을 초 단위로 쪼개 사는 인간들, 바쁘지 않으면 초조한 인간들은 이렇게 식빵 굽는 고양이만 가만히 보고 앉아 있어도 세상만사 시름에서 잠시 벗어날 수 있다. 어쩌면 고양이가 주는 이런 휴식과 치유의 힘 때문에 인간들은 그렇게 악착같이 우리 고양이들을 키우는지도 모른다.

명상과 함께 내가 좋아하는 제리 형님의 사료는 어떤가. 전생에 나는 개였던 건지 개밥 냄새만 맡으면 고향의 냄새인 듯 마음이 푸근해지고 찌르르 고소한 입맛이 돈다. 어슬렁거리며 형님의 눈치를 보다가 밥그릇에서 한 알 두 알 꺼내 먹다 보면 사료는 어느덧 썰물 빠지듯 줄어들어 있다.

언젠가부터 형님은 건강이 나빠져서 처방식 사료를 먹기 시작했는데, 그것도 그렇게 담백하고 맛있을 수가 없다. 병원 선생님들은 이 사료를 내줄 때마다 "기존 사료보다 기름기가 많이 빠진 거라 고소함이 덜하고 맛이 좀 없을 수도 있어요. 너무 안 먹으면 안 될 텐데"라며 우려 섞인 말을 건넸다고 한다. 하지만 형님이나 나는 없어서 못 먹는다. 강아지 음식 세계의 '평양냉면'이라 할 수 있는 이 사료의 심심하고 정갈한 맛을 다른 개나 고양이들은 왜 모르는 거지?

"기름지지 않고 깔끔하니 맛있네."

이 외에도 나는 빵 묶는 철사 끈이나 반려인 1의 머리 고무 줄로 공놀이하기, 사람처럼 대자로 누워서 뒹굴기, 집에 찾아온 손님 발 냄새 맡기, 입과 발로 비닐봉지 뿌스락대기, 뒤집힌 상자 속에 숨기, 발톱에 잘 걸리는 천이나 가죽 뜯기, 화장실 갔다가 기분 좋아져서 거실 이 끝에서 저 끝까지 우다다 하기 등 고양이 반려인들이라면 고개를 끄덕일 만한 평범한 취향들을 갖고 있다. 세상엔 이렇게 사소하지만 즐겁고 재미난 일들이 많다. 이것이 바로 고양이로 산다는 것의 즐거움!

화난 거 아님. 정색하고 있을 뿐.

절대 비키고 싶지 않은 아늑한 자리.

2장

아기 사람 친구?

사냥 갔던 반려인,
살아서 돌아오다

작고 낑낑거리는 생명체의 등장

어느 날이었다. 나는 여느 때처럼 어둡고 따뜻한 구석 자리를 찾아 잠을 자고 있었다. 반려인 1이 갑자기 똥 마려운 강아지처럼 불안한 모양새로 집 안을 돌아다니더니, 그길로 홀연히 사라졌다.

반려인 1은 종종 밤이 되면 홀린 듯 나갔다가 술냄새를 폴폴 풍기며 비틀거리며 돌아오는 경우가 있었으므로 그런 줄로만 알았다. 다음 날 아침이면 알코올 기운을 훅 뿜으며, "다시는 술을 안 먹어야지" 하며 화장실을 들락거리는 그녀를 만날수 있을 줄 알았다. 하지만 그녀는 사흘, 나흘이 지나도록 돌아오지 않았다. 고양이들은 곁의 누군가가 오래 나타나지 않으면 사냥을 갔다가 죽었다고 생각한다.

욕실 바닥에 고인 물 홀짝이지 마라, 털 좀 그만 뿜어라 잔소리를 늘어놓던 귀찮은 인간이었지만 그래도 정이 들었나 보다. 다정하게 "만세~"라고 불러주던 그녀가 사라졌다고 생각하니 코가 시큰하고 눈물이 앞을 가리면서 식음을 전폐⋯하지는 않고, 다만 바깥에서 나는 소리에 귀를 쫑긋대며 그녀가 오기를 기다렸다. 언제나 돌아올까. 험난한 사냥 끝에 대단한 걸 품 안에 가득 안고 위풍당당하게 돌아오지 않을까. 아니면 사냥감을 쫓다 지친 얼굴로 우리 앞에 나타나 풀썩 쓰러지진 않을까. 이런저런 생각이 꼬리에 꼬리를 물었다.

그렇게 보름쯤 지났을까. 그만 체념하고 향이라도 피워줘야 하나 집 안을 어슬렁거리고 있는데 어이쿠, 얌전한 고양이 부뚜막에서 떨어지는 줄 알았지 뭐야. 사냥 나갔다 죽은 줄 알았던 반려인 1이 돌아왔다. 작고 낑낑거리는 생명체를 가슴에 품고서.

돌이켜보면 그동안 정황이 이상하긴 했다. 몇 달째 반려인 1의 배가 점점 불러오고 있었다. 어느 날부턴가 회사에 나가지 않더니 '출산 휴가'라는 것을 쓴다고 했다. 그동안 회사에 다니면서 못한 것을 실컷 하겠다며 부지런히 돌아다니던 그녀는 예정일을 보름 앞두고 병원으로 달려갔다. 근처에서 출산

전 마지막 자유 시간을 보내겠다며 나간 반려인 2가 술을 마시다 불콰해진 얼굴로 달려왔다.

"뭐 진짜 나오는 거야? 벌써?"

부랴부랴 '출산 가방'을 싸서 나가는 반려인 1의 등 뒤에서 남동생이 외쳤다. "어떡해, 힘내, 잘해!" 평소 무뚝뚝하지만 알고 보면 감수성이 풍부한 그는 누나의 등 뒤에서 눈물을 방울방울 흘렸다. 긴장과 흥분, 우왕좌왕 부산스러움으로 가득했던 저녁, 나는 이 모든 풍경들이 기묘했다.

'너네 뭐하는 거냥?!'

보름 후, 그렇게 떠난 반려인 1살아 돌아왔다. 그리고 모든 것이 달라졌다. 그녀는 그 작은 생명체를 아기라고 불렀다.

"만세야, 아기가 왔어. 좋은 친구가 되어줘."

친구? 독립적이고 고독을 사랑하는 고양이에게 친구는 무슨 친구? 그것도 영리하고 아름다운 아기 고양이가 아니라 사람 아기랑 친구를 하라고?

"으앙~!!!"

평화롭고 고요하던 우리 집에 때아닌 사이렌이 울리기 시작했다. 나는 사람 아기를 보며 고양이와 인간의 삶의 속도가 천지 차이임을 깨달았다. 고양이는 생후 2주까지만 먹고 자는 문제를 어미에게 완전히 의존한다. 반면에 내 새 친구는 생후 2주가 훨씬 지나도, 그리고 시간이 지날수록 더 엄마와 아빠에게 기댔다. 그리고 시도 때도 없이 울어댔다.

새 친구는 울다가 또 울다가 자기 울음소리에 놀라 더 크게 울었다. 밤새 온 집에 경보음이 울리는 듯했다. 반려인 1은 '어떻게 하면 아기를 잘 재울까?', '아기의 속마음을 알고 싶다' 따위의 제목이 달린 책을 여러 권 사들여 읽다가 집어던지는 일을 반복했다. 그리고 깊은 밤 아기를 달래며 베란다를 서성거리다 아득한 바깥을 하염없이 내려다보곤 했다. 나는 그녀가 한순간 문을 열고 뛰어내릴까봐 몰래 그녀의 바짓단을 내 발톱에 걸어놓곤 했다. 길고 고단했던 폭풍 육아기를 내 덕분에 무사히 넘긴 줄 아시길.

밤마다 사이렌을 울리는 아기 덕분에, 모두가 잠든 밤 오도 카니 거실에 앉아 상념에 잠겼던 고독하고 아름다운 시간도 당분간은 보류다. 그런 고충도 모르는 반려인 1은 때때로 이렇게 말했다.

"만세야, 잠깐 아기 좀 보고 있어."

시키는 대로 가만히 아기를 보고 있으면 볼일을 보고 돌아온 그녀는 이렇게 말하며 면박을 준다.

"야, 보고 있으라고 했더니 진짜 쳐다보고만 있으면 어떡하냐."

이 인간은 고양이한테 무얼 바라는 걸까. 그녀의 귀환을 기뻐해야 하나, 슬퍼해야 하나.

이 비릿하고 시큼한, 작고 느린 존재와 함께하게 될 나날들을 헤아려본다. 나는 어떻게 처신해야 예전처럼 느긋한 일상을 되찾을 수 있을까.

낯설고 벅차고 고민이 많던 시간들. 그 생경함 속에서 우왕좌왕했던 시간들. 하지만 어느새 시간이 훌쩍 지나가고 언제 그런 적이 있었냐는 듯 아기는 이제 또박또박 말을 하면서 제 의사를 표현하는 어린이가 되어 있었다.

"만세~, 나는 아기가 아니라 이제 다섯 살 언니야, 언니."

지나고 보니 아쉽고 붙들고 싶은 아기 냄새 퐁퐁 나던 그 시절. 그러나 돌아가라고 한다면? 그것도 딱 하루만? 음, 아니 아니. 우리 현재를 사랑하기로 하자.

반려인은 이 작은 생명체를 '아기'라고 불렀다.

대체 이 아이는
언제 잠을 자려나

육아냥의 숨 가쁜 하루 일과

지우 젖먹이 시절, '애앵' 하고 사이렌이 울리듯 한번 울어대기 시작하면 나는 정신이 산란해져서 방을 뛰쳐나가곤 했다. 그때 안절부절못하며 부러운 시선으로 나를 바라보던 반려인 1의 눈빛을 기억한다. 아마도 그녀는 속으로 '너는 이 상황에서 탈출할 수 있구나. 나도 그렇게 풀쩍 뛰어나갈 수 있다면…'이라고 생각했겠지.

그러나 지나지 않을 것 같은 시간은 흘렀고, 우리는 제법 적응했다. 지우는 점점 울음을 줄이는 대신 방긋방긋 웃기 시작했다. '아, 이런 걸 키우는 재미라고 하는구나' 싶은 행동들을 했다. 단어를 하나둘 익히기 시작했고, 웃어야 할 상황에서는

아기 사람
친구?

열심히 웃고, 때때로 몸개그를 보여주기도 하며 지켜보는 사람들의 마음을 들었다 놨다 했다. 집 안에 다시 일상의 리듬이 생겨났고 반려인 1은 직장으로 돌아갔다. 하지만 우리는 몰랐다. 이때부터 진짜 전쟁이 시작될 거라는 걸.

반려인 1의 출근과 함께 나는 본격 '육아냥'으로 거듭났다. 반려인들은 매일 아침 의무적으로 내 머리를 후딱 쓰다듬어주고는 집을 나섰다. 느긋하기가 고양이에 비할 바 없었던 이들이 머리도 빗지 못하고 아이를 달래가며 뛰쳐나가는 걸 보면 좀 딱한 마음이 들기도 한다. 그래서 마음을 먹었다. 반려인들을 도와주기로.

새벽 4시.

육아냥의 일과는 집 안에서 가장 먼저 잠에서 깨는 것으로 시작된다. 혼자 어슬렁거리며 나와 밥도 먹고 물도 먹고 나면 할 일이 없다. 돌돌 말려 거실에 떨어져 있는 기저귀 따위를 쓰레기통 방향으로 몇 번 굴리다 다시 방으로 들어온다.

새벽 4시 30분.

지우 옆에 앉는다. 가만히 내 얼굴을 지우의 얼굴에 대어본다. 가끔은 사랑하는 마음이 폭발해 앞발로 지우의 머리를 꼭 안거나, 말랑거리는 뱃살을 꼭꼭 눌러보기도 한다. 나는 이 아이를 새벽형 인간으로 키울 생각이다. 인간들이 읽는 책 중에 《새벽형 인간》이라는 책에 이런 부제가 붙어 있었다. '멋진 하루, 달콤한 삶, 새로운 도전은 현대인의 성공 동력…!' 아침잠이 많은 우리 반려인들은 죽었다 깨어나도 모를 얘기다.

'아가, 이 각박한 세상을 견뎌내려면
지금 자고 있어서 될 일이 아니야.'

이런 마음으로 부스럭거리다 보면 지우가 뒤척이며 깰 기색을 보인다. 오, 성공인가. 옆에서 자던 반려인 1이 작은 소리로 이렇게 말한다.

"야, 만세! 넌 왜 꼭 이 시간만 되면
애를 깨우고 난리냐."

그러면서 신경질적으로 나를 들어 침대 끝자락으로 휙 옮겨놓는다. 이렇게 육아관이 달라서야, 원.

아침 8시.

아기 사람
친구?

해가 밝으면 지우가 잠에서 깬다. 이때부터는 시곗바늘이 어떻게 돌아가는지 볼 새도 없이 하루가 흘러간다. 자면 깨우고 싶고 깨면 잤으면 좋겠다 싶은 건 엄마나 육아냥이나 똑같은 것 같다. 눈을 뜨자마자 "야옹아~, 일루 와~. 앉아봐~" 하며 소리치는 아이의 목소리를 들으면 어디로 숨고만 싶다.

오후 4시.

지우가 어린이집에서 돌아오면 일단 소란스러워진다. 제 기분에 따라 꼬리를 당기면 잡혀주고, 장난감을 와르르 쏟아내면 산사태에 파묻히지 않도록 얼른 몸을 피해야 한다.

밤 9시.

집 안에 고요가 깃들 시간…은 나의 허황될 꿈일 뿐. 늦은 퇴근을 하는 엄마, 아빠를 기다렸던 지우는 본격적으로 온몸의 감각을 깨우고 놀기 시작한다. 한 톤 올라간 웃음소리, 조잘조잘 재잘재잘 쏟아내는 질문들. 그래도 반려인들이 집에 돌아왔으니 나는 슬그머니 식탁 아래 배를 깔아본다…, 이 또한 나의 허황된 꿈일 뿐. "만세~! 어딨니?" 지우는 말도 안 통하는 나를 왜 그리도 호출하는지 모르겠다.

나는
냥이로소이다

밤 10시.

안 잔다.

밤 11시.

대체 이 아이는 언제 자나.

밤 12시.

드디어 집 안의 깊은 구석까지 적막이 스며드는 시간. 이렇게 고단한 육체노동과 감정노동을 반복하며 하루를 보낸다. 폭풍이 잠잠해질 때까지, 지우가 잠들 때까지…. 아, 이건 아마도 전쟁 같은 사랑.

애가 잘 때 함께 잠시라도
눈을 붙이는 것이 '육아냥'의 살 길이다.

애 보다 '개 피곤'.

한 치 앞도 모를 묘생.
내가 육아로 뻗을 줄이야.

쥐가 방귀를 뀌어도 모를 만큼 냥실신.

두둥! 진격의
아기가 걷기 시작했다

몹시 기대고 싶은 등짝인가 봄

　지금부터 호흡을 멈춰야 한다. 내 옆에 널려 있는 인형들과 나는 같은 존재인 것이다. 조금이라도 움직였다간 그의 손아귀에 걸려들고 말 것이다. 아, 그런데 하필이면 이런 때 바람결에 흔들리는 커튼 자락이 내 맘을 흔든다. 창가에 누워 일렁이는 커튼 끝을 붙잡으며 놀고 싶다.

　하지만 절대 움직여서는 안 된다!

　누가 내 이야기를 하는지 귀가 간지러워도 참아야 한다!

　움찔거리지 말 것, 눈동자도 굴리지 말 것!

　제리 형님이 내 장난감을 물고 태연하게 지나간다. 쫓아가고 싶다! 안 돼! 그래도 달려 나갈 수는 없다.

다가온다, 그분이 다가온다.

진격의 아기가 걷기 시작했다.

지우가 태어난 지 1년이 막 지났을 때였다. 네 발로 기던 아기가 며칠 엉덩이를 들썩이더니 바닥을 짚던 두 손을 허공에서 흔들기 시작했다. 그날 이후 나는 갈 곳을 잃었다. 아기는 바닥에 엎드려 있을 때보다 시야가 훨씬 넓어진 듯했다. 몸을 일으켜 주변을 한 바퀴 휘 둘러본다. 뚜뚜뚜뚜….

레이더망에 목표물이 포착되면 쫓아온다, 끝까지. 이럴 땐 나의 푹 퍼진 몸이 원망스럽다. 반려인의 손바닥만큼 열린 베란다 문이 아쉽다. 고양이는 아무리 좁은 구멍이라도 머리만 들어가면 다 지나갈 수 있다고 누가 말했나. 고양이도 뚱뚱하면 제아무리 날렵해도 안 되는 건 안 되는 거다. 괜히 들이밀었다가 머리만 처박힌 채 버둥거릴 것이 뻔하다. 하얗고 커다란 떡 같은 몸뚱이가 파닥거리는 모양을 뒤에서 보면 얼마나 우스울까.

나는 우아하고 고상한 고양이므로 그렇게 빠지는 모양새로 이 난관을 회피할 수는 없다. 차라리 인형들 사이에 섞여 털북숭이 인형인 척해보자. 꼿꼿하게 앉아 파도처럼 밀려오는 아기의 공격에 맞서보자. 궁지에 몰리면 상황에 정면으로 맞서는 게 오히려 전략일 수 있을지니!

아기 사람
친구?

"돌쯤 되니까, 이제 육아도 좀 할 만
한걸."

어느 날 반려인 1이 말했다. 백만마흔일곱 가지쯤 되는 육
아 법칙 가운데 중요도 10번 안에 드는 것이 '입방정을 떨지
말라'다. "요즘 부쩍 감기에 안 걸린다"라고 말한 순간 아이는
콧물을 흘리기 시작한다. "요즘 아이가 너무 순해져서 한결 수
월하다"라고 말하는 순간 아이는 폭군으로 변신한다. "아이가
밥을 잘 먹어 편해졌어"라고 말한 순간 아이는 입에 지퍼라도
단 양 먹기를 멈춘다.

반려인 1이 입방정을 떤 결과, 일어서서 걷기 시작한 아기
는 한층 업그레이드됐다. 반려인들은 눈코 뜰 새 없이 바빠졌
다. 아이는 기어 다닐 때는 손에 닿지 않았던 울타리 문고리를
만지작거리기 시작했다.

현관과 거실 사이에 설치된 울타리 밖에는 제리 형님과 내
화장실, 반려인들의 화장실, 신발이 널려 있는 현관까지 아기
의 저지레 욕망을 자극하는 것들 천지다. 신세계가 펼쳐진 그
공간을 그냥 두고 볼 리가 없다. 반려인들이 방심한 틈을 타
아기는 문을 열고 탈출을 시도하곤 했다. 내가 화장실에 들어
가는 것을 쫓아와서 지붕을 팡팡 두드리고 제리 형님의 화장

실에 손을 대려는 순간 반려인 1에게 소환당했다. 화장실도 맘 졸이며 써야 하는 이 불행한 시국이여.

무엇이든 과하면 모자라느니만 못한 것이다. 과한 사랑도 그렇다. 이 아기는 나를 너무 사랑한다. 한번 붙들면 놓치지 않는 하이에나처럼 끈덕지게 따라붙는다. 좋아하는 마음을 어찌할 줄 몰라 내 털을 마구 쥐어 뽑는다.

> "백허그, 그런 건 안 해도 된다. 엎드려 평화롭게 꾸벅꾸벅 졸고 있는데 갑자기 뒤에서 덮치고 그러지 마라. 아가, 이 시대에 그런 사랑은 환영받지 못하는 것 같아."

가족 관계에서도 위치 선정이 중요하다. 약삭빠른 제리 형님은 아기에게 시달리다가도 가끔 아기가 손에 쥐고 흔드는 과자며 과일을 뺏어 먹으면서 자기가 만만치 않은 존재임을 인식시켰다.

아기는 진짜 좋아하는 음식, 가령 고구마 말린 것이나 옥수수 같은 걸 먹을 때는 제리 형님을 피해서 먹는다. 그때만큼은 아기가 제리 형님을 괴롭히지 않는다는 얘기다. 하지만 나와 아기 사이에는 실랑이를 할 여지가 아무것도 없다.

아기가 언제 가장 예쁘냐고 물으면 인간들은 잘 때가 가장 예쁘다고 하던데 나도 그렇다. 아기가 잠들었을 때 밀물처럼 밀려와 집 안 구석구석 깃드는 고요함과 평화. 더 이상 인형인 척하지 않아도 되는 자유로움. 옆에 가서 슬쩍 몸을 기대도 내 머리와 엉덩이를 팡팡 두드리지 않는 토실토실한 작은 손. 아, 낮은 왜 이렇게 긴 것인가. 밤은 언제 오나.

우리, 어느새 친구가 되어버렸네.
그래도 뒤에서 껴안을 땐 미리 예고라도 해주는 걸로.

아늑한 구석에서
눈 좀 붙이려는데

끈질기게 따라오는 그분의 발걸음

오늘은 웬일인지 초저녁부터 컴퓨터 자판을 두드리고 있다. 그분이 일찍 저녁잠에 드셨기 때문이다. 지난 몇 년 사이 모든 일상이 '슈퍼 갑' 아기에게 맞춰져 있다 보니 반려인들도, 제리 형님도 나도, 모두의 시간이 헝클어져버렸다.

그분이 오시고 이 집에는 알람시계가 사라졌다. 그분이 아침에 일어나서 소리를 지르기 시작하면 그냥 다 같이 일어난다. 아기보다 일찍 일어날 일이 있어도 알람시계 사용은 불가하다. 그분이 깨어나면 안 되므로. 그냥 마음속에 아침 6시 알람을 맞춰놓고 정신력으로 일어나는 거다.

잠시 모자란 잠을 낮잠으로 보충할라치면 또 사이렌이 울린다. "만세야~, 나랑 놀자아. 여기에 와봐."

지우가 소리를 지르며 성큼성큼 걸어온다. 뭐랄까, 언젠가 반려인들이 켜둔 TV에서 봤던 오래된 영화 〈죠스〉 수준의 공포다. 그 뽀얀 얼굴에 무시무시한 백상어의 얼굴이 겹쳐 보인다. 천천히, 그러나 집요한 백상어처럼 도망가면 쫓아오고, 도망가면 쫓아오고. 안방으로, 거실로, 베란다로.

어쨌거나 이렇게 그분이 주무시면 우리도 결리는 어깨와 허리를 두드리며 겨우 엉덩이를 붙이고 앉을 수 있다. 장난감이 엉망으로 널려 있는 거실에 오도카니 앉아 있노라면 이게 무슨 신세인가 싶다.

고양이는 누구보다 고독을 추구하는 존재다. 외톨이의 특성을 타고난 고양이에게 이분은 자꾸만 유대를 요구하니 나는 요즘 너무 피곤하다. 자기 영역을 지키고 과시하길 좋아하는 고양이의 습성을 이분은 철저히 파괴한다. 아늑한 구석에서 눈을 좀 붙일라치면 꼭 같이 비집고 들어온다.

이러니 때로는 어디로 사라져버리고 싶은 기분이다. 인간 세상에 왜 '가출'이라는 단어가 있는지 알겠다. 하지만 겁이 많기로 둘째가라면 서러운 내가 굳이 고행을 자초할 리 없다. 이 집구석에서 좀 사라질 곳이 없나. 그렇게 지난 몇 달간 탐험가의 심정으로 찜해둔 몇몇 장소가 생겼다. 이 글을 읽는 나와 같은 고단한 고양이들을 위해 큰맘 먹고 공개한다.

첫째, 반려인이 장롱 문을 열고 뭔가를 꺼내는 틈을 타서 얼른 들어가라. 인간들의 영화에서도 보면 장롱 문짝을 열고 들어가 숨어 있다가 다른 세계로 빠지곤 하지 않는가. 그분이 쫓아 들어올 수 없는 이곳이야말로 다른 세상, 곧 파라다이스다. 그런데 장롱의 단점은 들어갈 때는 쉬워도 나올 때 좀 버겁다는 것이다. 아무리 울어도 반려인이 문을 열어줄 기색이 없어 머리로 문을 밀치고 나온 적도 있다. 차력사가 따로 없다.

그래서 두 번째로 추천하는 공간은 커튼 뒤다. 드나들기가 편하다. 하지만 나처럼 뚱냥이에게는 그리 매력적이지 않다. 꼬리든 발이든 꼭 삐져나온다.

너무 뻔하다고? 들킬 수밖에 없겠다고? 그래서 어젯밤에는 될 대로 되라는 심정으로 반려인 등 뒤에 비어 있는 책장 한 칸에 들어앉아 있었다. 두 시간쯤 지났을까, 반려인이 내 앞을 몇 번을 왔다 갔다 하며 장롱 속, 커튼 뒤, 베란다 구석 따위를 찾아 헤매더니 울 것 같은 목소리로 내 이름을 불러댔다. 오, 그렇구나. 등잔 밑이 어두운 법이었다.

이내 들키고 말았지만 나 같은 육아냥에게는 꿀 같은 시간이었다. 다음에는 어느 등잔 아래로 숨어볼까. 제보 부탁!

약삭빠른 제리 형님은
아기를 피해 잘도 다닌다.

인간 아기의 말은
가끔 감동적이야

세상에서 가장 아름다운 언어

　인간의 능력 대부분이 고양이보다 보잘것없다고 생각하지만, 그래도 한 가지 부러운 능력이 있다면 그들의 언어다.

　눈치 없는 반려인들과 살다 보면 분통이 터질 때가 있다. 이들은 왜 말귀를 못 알아들을까. 밥 달라고 하면 놀아주고, 놀아달라고 하면 밥을 주는, 제멋대로 생각하는 인간들. 타는 목마름으로 인간의 언어를 배우고 싶다고 생각한 적이 여러 번 있었다.

　아이가 말을 하기 시작하면 육아는 새 전기를 맞는다. 말을 하기 전에는 얼른 말을 깨쳐서 제 뜻을 제대로 전달했으면 좋겠다 싶은데, 한 치 앞도 모르는 생각이다. 아이는 끝없이 말하며, 한층 업그레이드된 떼를 쓰고 요구하고, 심지어 잔소리까지 한다. 때로는 황당무계한 말에 웃음을 터뜨리지만, 가끔은 입을 막아버리고 싶을 때도 있다.

지우는 20개월 무렵이 되자 문장을 만들어내기 시작했다. 처음 만든 문장은 "아빠, '에취' 했네"였다. 재채기하는 아빠를 보며 아이는 뿌듯한 듯 환하게 웃었다. 곧 아이의 말은 계단처럼 뛰어올랐다. 어느 날 아침에는 자기가 방귀를 뀌고는 옆에 앉아 있는 내게 뒤집어씌웠다. "야옹이, '뿡' 했네?" 의문의 1패. 억울하다. 이래서 인간의 말을 배우고 싶다는 것이다.

두 돌이 갓 지난 여름, 커피 사 마시기 좋아하는 부모의 취향을 파악하고는 제가 밖에 나가고 싶으면 "커피 마시러 갈까?"라는 권유형 문장을 썼다. 계단을 내려가면서는 "엄마, 조심해!"라는 경고도 날렸다.

세 돌이 되자 말로 동화를 짓는 경지에 올랐다. 하늘이 맑았던 어느 날 오후, 뽀얀 낮달이 떠 있는 것을 보고 지우가 엄마에게 물었다.

"왜 달님이 벌써 나왔지?"
"글쎄, 왜 이렇게 일찍 나왔을까?"
"내가 보고 싶어서 빨리 나왔나봐."

그렇게 무럭무럭 자란 아이의 말은 때때로 어른을 반성하게 했다. 어느 날 아침 반려인 1은 출근과 아이 등원 준비를 동시에 하며 정신이 없던 중이었다. 평소 집 안에 낙서하지 않던 지우는 바닥에 크레파스로 주욱 선을 그었다. 반려인 1은 처음이니 그럴 수도 있지 하며 물티슈로 바닥을 훔쳤다.

그날따라 엄마를 기다리는 게 지루했던 걸까. 지우는 방금 갈아입은 옷에도 그림을 그렸다. 반려인 1이 한숨을 쉬며 옷을 갈아입혔다. 그런데 점점 더 처음 해본 놀이가 재미있었던 모양이다. 새 옷에 같은 행동을 반복했다. 분노 열매를 먹은 반려인 1이 결국 목소리를 높였다.

"지우야! 엄마가 낙서 그만하라고 몇 번 말했니? 어린이집 안 갈 거야? 엄마 회사 안 가도 돼? 바쁜데 도와주지도 못할망정 이럴 일이니?"

캣 타워에서 내려다보고 있던 나는 그녀가 소리 지른 것을 금세 후회할 것이라 예상했다. 아니나 다를까, 반려인 1은 아이에게 말했다.

"엄마가 아까 화내서 미안해. 바쁜데 자꾸 낙서해서 옷을 갈아입어야 하니까, 마음이 급해서 그랬어."

"괜찮아, 엄마. 그런데 소리는 지르지 마. 그러면 엄마 목이 아프잖아."

늘 그렇지만 어른은 아이보다 못하다.

순수하고 아름다운 아이의 말을 오래오래 곁에서 듣고 싶다. 내 몸에 얼굴을 폭 기대며 "만세가 좋아, 너무 좋아"라고 쏟아내는 고백도.

크레파스로 바닥에 금밖에 그을 줄 모르던 아이가
어느덧 커서 스케치북에 엄마 얼굴도 그린다.

육아의 세계로
폭풍처럼 휩쓸리지만

육아냥이 추천하는 비장의 무기

아이를 키우면 자기만의 '육아 필수템'이 있다. 나의 반려인들은 종일 아이를 돌보는 날이면 아침에 "정신 차려야지"라고 말하며 뜨거운 커피를 내려 마시고, 밤이 되어 아이가 잠들고 나면 차가운 맥주를 마셨다.

"혼이 쏙 빠질 것 같아."

카페인과 알코올은 끝없는 육아노동의 에너지원인 듯했다.

반려인 1은 '육아는 장비빨'이라는 말도 신봉했다. 한창 아이에게 손이 많이 가던 돌 이전, 택배 기사는 매일이 크리스마스인 양 집 앞에 상자를 쌓아두고 갔다. 나는 반려인 1이 2010년대 육아 아이템을 수집해 박물관이라도 세우는 줄 알았다. 잠시라도 두 손이 자유롭고 화장실이라도 맘 편히 갈 수 있다는 후기가 있다면 그녀는 내일 당장 세상의 끝이 올 것처럼 '구매하기' 버튼을 눌러댔다.

그 시절 우리 집에는 음악이 나오는 모빌, 발로 슬쩍 밀면 엄마가 안고 흔드는 듯한 속도와 진동으로 움직이는 바운서, 아이가 엄마 뱃속에 있는 듯한 기분을 느낀다는 포대기 따위가 차곡차곡 쌓여 있었다.

그 모든 물건은 "육아의 신세계를 열어준다"는 평을 받았지만, 육아에 신세계란 있을 수 없다. 온갖 육아 장비를 동원한다고 해도 아이를 돌보는 일이란 언제나 끝이 없고 한 치 앞도 예측할 수 없는 순간의 연속이었다. 주어진 시간을 자기 마음대로 쓰지 못하고 철저히 누군가에게 종속된 일상을 보낸다는 건 아이가 건강하고 아름답게 자라는 데서 오는 보람과 별개로 외롭고 고단했다.

육아 용품을 폭풍처럼 집 안으로 빨아들이던 시절, 휴직을 하고 육아를 전담하다시피 한 반려인 1은 지금과 좀 다른 사람 같았다. 아이를 낳기 전과도 달랐음은 물론이다. 늘 아침에 나가 저녁까지 누군가에게 쫓기듯 살던 그녀는 갑자기 한없이 많은 시간이 주어진 것에 적응하지 못했다.

하지만 얼마 지나지 않아 알았다. 누군가와 만나거나 어떤 시간까지 마감을 하지 않을 뿐 그 시간은 자기만의 것이 아님을. 나도 출근하지 않는 반려인 1과 시간을 많이 보낼 수 있으리라 기대했지만 그녀는 오히려 일할 때보다 더 많은 시간을, 출근도 퇴근도 없는 노동에 할애해야 했다.

아이가 아주 어릴 때는 종일 말 상대가 없어 시간은 더욱 더디 갔다. 인간의 말을 할 줄 모르는 나나 제리 형님에게 말을 거는 것도 한계가 있었다. 누군가에게 말을 쏟아내기보다 가만히 들어주길 더 좋아했던 그녀였지만, 이제 사람을 만나면 그날 저녁 후회할 만큼 많은 말을 쏟아내곤 했다. 아이가 잘 때는 유일하게 혼자가 된 그 시간이 아까워 자지 못했고, 노곤한 잠이 쏟아질 때는 놀아달라고 칭얼대는 아이 때문에 눈을 부비며 지내는 나날이 쌓여갔다.

그렇게 피폐해진 일상과 '신박'한 육아 아이템에 중독되어 몸과 마음이 무력해질 때면 내가 나서곤 했다. 물론 우리 고양이들은 커피와 맥주를 마시지 못하고 도구도 사용하지 못한다. 대신 의외의 육아 필수템은 따로 있으니, 바로 '인내'다.

자기중심적인 고양이라지만 아이를 돌보는 육아냥들은 기다림에 능숙하다. 아이가 사이렌을 켠 듯 울어댈 때면 침대 발치에서 가만히 기다렸다가 울음을 그치면 곁에 가서 슬쩍 얼굴을 비빈다. 아이가 이 집에 오기 전만 해도 사람에게 가고 싶을 때만 곁을 내주었지만 이제는 아이가 내게 무지막지하게 몸을 치대는 것도 참을 수 있는 고양이가 됐다.

아이가 처음 덥석 내 등을 덮쳤을 때의 느낌은 결코 잊을 수 없다. 언제나처럼 거실에 배를 깔고 앉아 멍때리고 있는데, 외출을 하고 돌아온 아이가 후다닥 달려와서는 내 등을 꽉 끌어안았다. 평소 같으면 귀찮고 무거워서 있는 대로 힘을 줘 도망갔을 테지만 그날은 왠지 기다려줘야 할 것 같았다.

장난처럼 내 등을 끌어안았던 아이는 제 얼굴을 내 등에 가만히 대더니 한참을 그렇게 있었다.

그날 아이는 어디를 다녀온 걸까. 어딘지 모를 낯선 공간이 불편하고 싫었던 걸까. 어른들 따라다니느라 힘들었던 건 아니었을까. 기다려주는 동안 아이는 안정된 듯 편안한 얼굴로 내 등을 떠나 장난감을 펼쳐놓고 놀기 시작했다.

이후로도 아이는 어떤 순간마다 내 등을 꽉 끌어안고 시간을 보낼 때가 있었다. 그 순간들을 가만히 기다려주다 보니 아이는 무릎으로 기다가 어느덧 걷게 됐고, 옹알이만 하다 제법 능숙하게 말을 하는 아이가 됐다. 그 모든 과정에 내 작은 기다림의 순간들도 조금은 보탬이 되었다고 믿는다.

흰 털이 세도록 불태운 밤을 보내고

아이 재우기의 고단함

육아의 팔 할은 잠이다. 아이가 태어나 집에 온 순간부터 육아 담당자는 수면과의 싸움을 시작한다. 아이는 잠을 자다 조금만 불편해도 칭얼거리고, 밤에 수없이 깨고, 밤낮이 바뀌고, 안고 있다 잠들어서 눕히면 귀신같이 알아챈다.

우리의 아기 지우는 아주 어릴 때나 지금이나 늘 잠이 문제였다. 아주 어릴 적에는 한참을 안아주고 토닥여주지 않으면 자지 않았고, 서너 살이 되고부터는 노는 게 너무 좋아 잠을 자지 않아서 엄마, 아빠의 혼을 쏙 빼놓았다.

지우는 순하고 아름다운 아이였지만 밤이 되면 광폭하게 변했다. 어둑한 배 속에서 놀다 어느 날 세상 밖으로 뚝 떨어

나는
냥이로소이다

진 아이는 낮과 밤을 구분하지 못했다. 초저녁이 되면 잠이 들고 자정이 한참 지나 깼다. 과학적으로 밝혀지진 않았지만, 반려인 1은 아이를 배 속에 품고 있었던 시절 자정부터 한밤이 아이가 가장 놀기 좋고 편안한 시간이었기 때문에 그런 건 아닐까 생각했다. 종일 남산만 한 배를 끌어안고 돌아다니다 한숨을 폭 내쉬며 가만히 누워 있는 그 시간, 그녀는 종종 침대 끝에 앉아 있는 나를 끌어다 조용히 속삭이곤 했다.

"만세야, 이것 봐봐. 움직이지?"

아기는 기분이 좋은 듯 엄마 뱃가죽을 꿀렁꿀렁 밀어내며 놀았다. 열 달을 그런 패턴으로 놀았으니 낮에는 바닥에 등만 닿아도 '등 센서'를 켜고 "앵~"하며 예민하게 굴었고, 초저녁에 잠들었다가 밤하늘이 칠흑같이 어두워지면 파닥거리며 놀자고 칭얼거렸다.

아이의 초저녁잠은 태풍 전야 같은 것이었다. 아이의 부모는 새벽에 닥쳐올 거대한 쓰나미를 알고 있었다. 그들은 그 순간을 애써 외면하면서 그나마 아이를 둘러업지 않고 저녁 식사를 할 수 있는 것에 감사의 기도를 올리곤 했다. '수면 교육', '통잠', '수면 독립' 따위의 말들이 반려인들의 입 밖에 나와서 공기 중을 떠돌았으나 그들도 잘 알고 있었다. 그때 그 단어들만큼 허상인 것은 없었다.

상황이 이렇다 보니 낮에 자고 밤에도 자던 나의 수면 습관에도 변화가 생긴 것은 당연했다. 아이가 태어나기 전, 나는 반려인들이 저녁 식사를 마치고 나면 막 비워진 식탁 의자에 배를 깔고 앉았다. 아직 온기가 남아 있는 따뜻한 의자에 누워 있노라면 해가 서쪽 지평선으로 호로록 넘어가듯 단잠에 빠졌다. 그렇게 자다 늦은 밤 깨어나 사료를 한 사발 먹고 반려인들이 잠든 침대 발치에 올라 다시 꿀잠에 들던 나날들…은 이제 전생의 일처럼 느껴진다.

새벽에 반려인들의 침대에 오르려다 움찔한 적이 여러 차례다. 발소리 없이 침실로 들어왔다고 생각했으나, 어쩐지 내가 방에 들어가는 순간 아이는 꼭 칭얼거리기 시작했다.

"만세야! 네가 지우 울렸니?"

아이가 잠들지 않는 새벽은 길고 지루하고 고단했다. 나는 반려인들의 눈치를 보며 슬금슬금 방으로 들어가 잠든 척해보려 했지만, 염치 있는 고양이이므로 그럴 수 없었다. 반려인들은 무슨 수를 써도 잠들지 않고 울기만 하는 아이를 안고 한참 동안 거실을 서성였다. 한쪽 팔로 아이를 받쳐 안고 나머지 한 쪽 팔로 아이의 등을 수백 번 토닥이면 아이는 까무룩 잠이 들 었다가 이내 바늘에라도 찔린 듯 자지러지게 울곤 했다.

> "그때로 다시 돌아가라면 요령 있게 잘할 수 있을까?" (둘 다 고개를 저으며) "아니, 아니. 태어나서 제일 낯설고 힘든 시간이었어."

반려인들은 그때 그 밤들을 회상하며 세상에서 가장 힘든 역경을 견뎌낸 것처럼 이야기하는데, 사실 말을 안 해서 그렇 지 내가 제일 힘들었다. 잠이 덜 깬 눈을 감은 채 아이를 안고 움직이는 그들의 모양이 불안해 한밤 내내 그들을 지켜보며 보초를 섰다. 그들은 팔이 저리면 서로 교대라 도 했지, 나는 교대해줄 파트너도 없었다.

흰 털이 더 하얗게 세도록 불태운 밤들을 보내고, 아이는 어 느덧 내가 옆에서 콧구멍을 쑤셔도 깨지 않을 만큼 단잠을 자 는 아이로 자랐다. 오늘도 아무것도 모르고 내 옆에서 곯아떨 어진 이 녀석은 모르겠지. 내가 얼마나 많은 밤 동안 뜬눈으로 제 곁을 지켰는지.

아기 사람 친구?

수면 전쟁을 벌이던 아이는 이제 내가 콧구멍을 쑤셔
도 깨지 않는 잠만보 어린이로 자랐다.

나 좀 놓아주지 않으련.

어느 날, 지우는
제주에 가고 싶다 했다

바닷마을과 사랑에 빠진 아이

제주라는 곳은 어떤 곳일까. 다섯 살을 코앞에 둔 지우가 비행기만 보면 제주도에 가고 싶다고 했다. 어느 날은 반려인 1에게 이런 전화도 걸려왔다.

> "언니, 지우 제주도 좀 보내줘요. 비행기만 보면 제주 가고 싶대. 가서 수영하고 올 거라고 얼마나 자랑하는데."

아이를 돌봐주는 할머니도 어느 날 이렇게 물었다.

"지우가 스무 밤 자고 제주도 간다
는데, 여행 계획 있는 거예요?"

지우가 놀이터에서 온 동네 엄마들과 친구들에게 제주에
간다며 노래 부르고 있다는 증언이 쏟아졌다.

사실 지우는 네 살 인생 동안 제주에 다섯 번이나 다녀왔다.
그도 그럴 것이 반려인 1이 지우를 낳고 '여행병'에 걸렸기 때
문이다. 지우를 낳기 전에는 집에 꿀 발라놓은 것 아니냐는 소
리까지 듣던 집순이였지만 지우가 태어난 후부터는 그렇게 집
밖으로 떠나고 싶어 했다.

인생의 첫 배낭여행을 아내가 추천한 인도에 갔다가 고생
중의 고생을 하고 돌아온 반려인 2도 그다지 여행을 즐기는
편은 아니었다. 하지만 그 또한 지우가 태어난 후에는 "우리
어디 갈래?"라는 아내의 질문에 기꺼이 따라나서는 사람으로
변했다.

난생처음 육아를 하는 반려인들은 완전히 새로운 세계에
진입한 듯했다. 힘들고도 즐겁고, 괴롭고도 행복한 이상한 세
계였다. 어느 날 갑자기 직장인과 부모라는 두 개의 역할을 맡
아 그 몫을 해내느라 때때로 벅찬 것도 같았다. 그런 일상에서
도피하고 싶으면 핸드폰을 만지작거리며 항공권을 검색하곤

했다. 원래 도시 여행을 좋아했던 그들이지만 어쩐지 자꾸만 야자수가 있는 남국의 섬들만 들여다봤다.

고양이처럼 집 안에 있기 좋아했던 이들이 빠져든 그곳은 어떤 곳일까. 나는 여행에서 돌아온 아이의 옷에서 나는 냄새를 맡으며 생각했다.

> '흠, 그곳의 공기는 내가 싫어하는 생선 냄새가 아련하게 묻어 있는 곳 이로군?'

지우의 제주 여행은 두 살 가을에 시작됐다. 반려인 1과 비슷한 처지의, 육아에 피폐해질 대로 피폐해진 한 엄마와 지우와 동갑인 남자아이와 함께였다. 다음에는 반려인 2와 함께, 그다음에는 절친한 친구와, 그다음엔 회사 동료들과…. 이런 식으로 차곡차곡 제주가 아이의 마음에 쌓이다 보니 아이는 비행기를 타고 가는 세상의 모든 바다와 섬을 제주도로 기억했다.

> "만세야, 이것 봐봐. 이번에 지우가 여기서 인생 맛집을 발견했어."

아이는 그곳에서 보말칼국수와 사랑에 빠졌다고 했다. 한 식당에서는 전복을 7개나 먹었다고 했다. 여행은 '나'를 다시 보는 시간이기도 하지만, 곁에 있는 사람의 몰랐던 점도 들여다볼 수 있는 시간이기도 하다. 몰랐던 아이의 음식 취향까지도.

여행을 다녀온 반려인들은 아이가 잠들고 나면 거실 소파에 앉아 지난 여행 사진과 동영상을 들여다보곤 했다. 추억에 잠겨 있는 시간은 잔잔하고 고요해서 나도 편안하게 누워 그들의 여행기에 귀를 기울이곤 한다. 잔잔하게 파도치는 바닷가에 앉아 한없이 모래놀이를 하는 지우, 수영장에서 깔깔대는 지우, 귤나무 아래를 서성이며 떨어진 귤이 없나 살피는 귀여운 지우, 실컷 물놀이를 하고 아빠 어깨에 기대 깊은 잠에 빠져든 지우…. 집에서는 볼 수 없는 지우의 다양한 얼굴이 그곳에서 찍어온 사진에 담겨 있었다.

나는 낯선 곳을 싫어하는 고양이인지라, 아이와 바다로 산으로 떠날 수는 없지만 새로운 곳에서 새로운 냄새를 잔뜩 묻혀올 때마다 찬찬히 들여다봐야지. 보석같이 반짝이는 새로운 표정과 얼굴들을.

지우가 사랑에 빠진 바다와 섬은 어떤 곳일까.

3장

고양이가 개를
형님으로 모셔야 한다니

누가 개와 고양이
사이가 안 좋다냥

적과의 동침, 사랑과 전쟁의 서막

지우가 태어난 지 6개월이 지났을 무렵이다. 나는 소파 밑에서 자다가 눈을 떴다. 집이 왜 이렇게 적막한 것 같지? 내 손바닥 안에 있는 줄 알았던 반려인들이 보이지 않자 불안해졌다.

"다들 어디 갔나옹."

불안해진 나는 목 놓아 불렀다. 그러자 반려인 1이 책상 앞에서 고개만 돌린 채 "만세야, 왜 불러?"라고 말했다. 그러고는 다시 둥글게 몸을 숙이고 뭔가를 열심히 썼다. 내가 들어가니 공책을 탁 덮고 일어난다. 뭐야, 내 얘기 쓴 거 아냐?

모두가 잠든 시간, 책상 위에 놓인 그 공책을 열어봤다. 내가 너무 뚱뚱해서 사료를 줄이겠다는 얘기 따위를 쓴 건 아니겠지? 며칠 안에 목욕을 시키겠다는 계획 같은 게 쓰여 있다면? 휴, 물에 푹 젖는 그 기분, 목욕은 정말 끔찍하다고. 어, 그런데 이게 뭐야. '12월 12일 청경채소고기미음, 잘 먹는다. 12월 23일 브로콜리소고기 미음, 그럭저럭. 남는 건 제리에게.'

온 신경이 지우에게 집중돼 있는 반려인 1이 꾸역꾸역 쓰고 있던 것은 이유식 일지였다. 쳇, 그렇다고 내 얘기가 하나도 없을 건 또 뭐람. 예전엔 내가 바닥에 벌렁 드러누워 있기만 해도 귀엽다고 사진을 찍어대더니 요즘은 달라졌다.

"애, 발에 걸리게 왜 이러고 있니?"

내 발라당 애교에도 무심한 눈빛으로 내려다보며 하는 말이다. 하여간 인간들이란. 그러니 이번엔 그들 얘기 따위는 접어두고 '남는 건 제리에게'의 제리 형님에 대해 써보련다.

제리 형님은 한심하기가 만만치 않구나. 걸음걸이가 소란스럽고, 뛸 때마다 카오스 그 자체다. 똥을 싸고 모래로 덮어놓지도 않는 습관이라니. 입으로 물어뜯어 늘어진 욕실 슬리퍼와는 무슨 사연이 있는 걸까. 왜 슬리퍼랑 싸우는 거지?

제리 형님은 첫인상과 다름없이 늘 하는 일 없이 분주했다. 샘도 많아서 내가 반려인들의 무릎에 앉아 기분 좋게 가르릉거리고 있으면 어디서 알고 쫓아와 나를 밀어내고 그 자리를 차지했다. 그 와중에 겁은 많아서 내게 장난을 칠 때마다 내가 번쩍 몸을 일으켜 커 보이게 하면 놀라서 주춤 물러서곤 했다.

지금은 내 몸집이 제리 형님보다 1.5배는 크고 힘도 훨씬 세지만, 의리 있는 고양이인 나는 처음 형은 영원한 형이다. 당연히 이길 수 있어도 져주며 지낸다.

이 집에 아기가 온 이후로 늘 반려인의 인정을 받으려고 애쓰는 형님. 식탐이 많아 내가 밥 먹다 사료 한 알 떨어트리길 하염없이 기다리는, 먹을 것 앞에서는 자존심이고 뭐고 내팽개치는 형님. 가끔 내 앞에 와 발랑 드러누워 머리를 들이밀며 친한 척하는 형님. 가끔 나를 너무 사랑해서 머리며 귀를 핥아침으로 흥건하게 적셔놓는 형님….

누가 개와 고양이 사이가 안 좋대? 나는 밥 주는 반려인들보다 하루 24시간 늘 함께 있는 형이 더 좋다. 이렇게 급 고백으로 마무리하지만 형님, 제 머리에 침은 좀…. 고양이가 얼마나 깔끔한 동물인지 자주 잊는 형님이다.

고양이가 개를 형님으로
모셔야 한다니

온갖 근심이 사라진
아름다운 식욕이여

제리 형님의 놀라운 식탐

날씨가 꾸물거리더니 이내 하늘이 으르렁거리기 시작했다. 번쩍, 하늘이 쪼개지고 천둥이 쳤다. 그런 날이면 제리 형님을 유의해서 봐야 한다. 기압 탓인지 컨디션이 저조해지기도 하고 이런 날이면 경련 가능성도 높아지는 듯하다.

묵직한 공기가 심상찮았는데, 나쁜 예감은 왜 틀리지 않는가. 제리 형님이 몸을 떨기 시작했다. 평소의 패턴을 벗어난 경련이었다. 제리 형님의 경련은 특이한 편이다. 보통 경련이 있는 개들은 어떤 상황이나 특별한 주기 없이 무작위로 발작이 일어나는 편인데, 형님은 반려인들이 외출을 하고 돌아오면 반가워 뛰쳐나갔다가 경련을 하며 쓰러지곤 했다. 이런 경련이 3주 정도 주기로 돌아오곤 했는데, 진료를 받고 약을 먹어도 잡히지 않았다.

그런데 이번 경련이 있기까지는 한 달여를 경련 없이 지냈다. 그래서 반려인들과 나는 약간 안도를 하고 있었는데, 아무 일 없이 자다가 갑자기 몸을 떨어 가슴이 쿵 내려앉았다.

경련은 세 차례나 이어졌다. 1~3분 정도 온몸이 경직되고 바르르 떨렸다. 입에서는 거품이 나오고 몸을 스스로 통제하지 못해 대소변이 줄줄 흘렀다.

그 순간 형님은 어떤 느낌이었을까. "제리, 괜찮아?"라고 반복해서 말하는 반려인들의 목소리가 들릴까. 그 시간이 빨리 끝났으면 좋겠다는 생각이 들까. 어쩌면 형님 인생의 빈칸으로 기록될, 나중에 생각나지 않을 순간들일지도 모른다. 이렇든 저렇든 나는 겪어본 적 없지만 옆에서 보기만 해도 온몸이 뻐근하고 힘들 것은 분명하다.

세 차례 경련이 지나고 정신이 돌아온 형님은 무척 지쳐 보였다. 그날은 집에 손님이 오는 날이었는데 평소라면 손님들에게서 나는 낯선 냄새도 흥미로워하며 킁킁대고 식탁 아래로 뭐 맛있는 거 안 떨어지나 기웃대는데, 이날은 방석과 한 몸이 되어 한없이 잠에 빠져들었다.

손님들이 떠나자마자 반려인 1이 걱정 어린 눈으로 형님에게 다가갔다. 머리를 쓰다듬으며 얼굴을 들어보는데 형님의 한쪽 눈이 이상했다. 오른쪽 눈을 제대로 뜨지 못하고 있었고 억지로 눈을 뜨려는 듯 눈꺼풀이 바르르 떨렸다. 반려인 1이 혹시 눈에 상처가 생긴 건 아닌지 보려고 하자 "끼잉" 소리를 내며 얼굴을 피했다. 내가 다가가서 코를 킁킁대고 그루밍을 해주려 해도 귀찮다는 듯 얼굴을 방석에 깊이 묻고 몸을 웅크렸다.

제리 형님은 몇 년 전 심한 경련을 한 다음 왼쪽 눈 시력을 잃었다. 이번엔 반대쪽 눈을 제대로 뜨지 못하고 있으니 반려인 1의 걱정이 이만저만이 아니었다. 반려인 1은 집 밖에 있는 반려인 2에게 전화를 걸어 말했다. "제리가 한쪽 눈을 잘 못 뜨는데, 잘 안 보이는 눈 반대쪽이야. 경련 후유증인 건지, 아직 증상이 남아 있는 건지 모르겠어. 상태가 안 좋아 보이는데 아무래도 병원에 가야겠어."

반려인 2가 곧 돌아온다고 했는지 반려인 1은 집을 나서지 않고 거실 이 끝에서 저 끝까지 불안한 발걸음으로 종종거리기만 했다.

곧 반려인 2가 집에 도착했다. 평소 반려인들이 들어오면 현관으로 득달같이 달려 나가는 형님이 이때는 방석에 얼굴을 묻고 귀만 쫑긋 현관 쪽으로 움직였다. 형님이 이른 아침 경련

이후로 거의 먹지 않은 것을 확인한 그들은 형님이 좋아하는 간식으로 간단히 요기를 시키고 병원에 데려갈 참이었다.

"제리야, 간식이라도 좀 먹을까?"

반려인 1이 냉장고 문을 열고 형님이 좋아하는 간식 봉투를 꺼내 비닐 뜯는 소리가 나자마자 기적이 일어났다. 형님은 파묻고 있던 고개를 번쩍 쳐들었다. 몸을 벌떡 일으키고, 두 눈을 동그랗게 떴다!

바르르 떨리던 그 눈꺼풀은 어디 갔는가. 안 떠지던 눈 근처에 손만 살짝 스쳐도 "끄응" 하며 앓는 소리를 내던 형님은 어디에 갔는가. 이토록 놀라운 식탐이여. 반려인들의 온갖 근심과 걱정을 사라지게 한 아름다운 식욕이여.

주말 저녁, 집에서 한참 먼 병원까지 길이 어마어마하게 막힐 것을 각오하고 떠나려던 반려인들은 신나게 외투를 벗어던졌다.

그날 저녁 제리 형님은 간식 한입과 함께 다시 살아났고 덕분에 나도 옆에서 간식을 얻어먹었다는 아름다운 이야기.

제리 형님의 엄마는
종견장을 떠났을까

그날 태어나지 말았어야 할 생명

늘 그렇듯 부산한 아침이었다. 잠이 너무 깊어 늘 천지를 개벽할 알람을 맞춰놓고 자는 반려인 1이 허둥지둥 나가고 나면 아기와 반려인 2의 두 번째 아침이 시작된다. 그는 젖은 머리카락을 말리지도 않은 채 냉장고에서 음식을 주섬주섬 꺼내 아기에게 밥을 먹이는데, 입으로 들어가는지 콧구멍으로 들어가는지. 아기는 음식을 줄줄 흘리고 이를 놓칠세라 제리 형님은 식탁 아래서 그걸 주워 먹느라 바쁘고, 반려인 2는 그걸 못하게 하느라 식탁 위에서 아래로 허리를 굽혔다 폈다, 아이고 정신없어라.

아직 엄마가 필요한데 엄마가 돼버린 반려인 1은 요즘에야 겨우 제리 형님의 엄마는 어떤 개였을까, 나의 엄마는 어떤 고양이였을까 생각해본다고 한다. 무심하긴 나도 마찬가지였다. 그토록 놀고먹기 좋아하고 게으름 피우기를 사랑했던 그녀가 엄마가 되고 나서는 어쩐지 매일 종종거리며 사는 것처럼 보인다. 그런 그녀를 보며 나와 제리 형님, 우리의 엄마들에 대해서도 생각해본다.

우리 엄마는 어떤 고양이였을까. 나는 흔히 말하는 믹스묘다. 아빠는 터키시앙고라, 엄마는 코리안숏헤어다. 그래서 나는 코리안숏헤어처럼 작은 얼굴과 둥근 몸집을 가졌고 터앙처럼 하얗고 복슬복슬한 털옷을 입었다.

반려인들은 우리 엄마가 어떤 무늬를 가진 고양이였을지 궁금해한다. 코리안숏헤어들은 노란 줄무늬의 치즈, 짙은 회색 줄무늬의 고등어, 노란색, 까만색, 흰색 털이 섞인 카오스, 까만 털에 손이나 발끝만 하얀 턱시도 등등 다양한 무늬를 가졌다. 아마 나긋하고 상냥한 성격의 치즈가 아니었을까 하고 반려인들은 추측한다. 별일이 없다면 서울 외곽 어느 동네의 작은 집에서 오늘도 털을 푹푹 날리며 평화로운 하루를 보내고 있을 엄마의 안부가 종종 궁금하다.

제리 형님의 엄마는 어떤 개였을까. 형님은 종견장에서 태어나 2개월도 채 되지 않아서 엄마와 헤어졌다. 개들도 엄마의 품을 벗어나 독립을 할 때면 장난을 칠 때 상대방을 강하게 물면 안 된다거나 하는 일종의 사회화 교육을 받는데, 이곳의 강아지들은 그럴 시간도 없이 우르르 시내의 애견숍으로 쏟아져 나온다.

형님이 반려인들을 처음 만났던 서울 충무로의 애견숍, 그곳은 한밤중에도 하얗게 반짝거렸다. 그곳으로 보내지는 개, 고양이들의 엄마들은 몹시 열악한 환경의 종견장에서 새끼를 낳고 제대로 거둬보지도 못한 채 또 임신을 한다. 허공에 뜬 철장에 갇혀 1년에 두 번씩 임신과 출산을 반복하다 보니 늘 항생제를 달고 산다. 보통 평균수명의 3분의 1밖에 살지 못한다고들 한다.

약한 엄마에게서 태어났으므로 강아지들도 선천적으로 몸이 약한 경우가 많다. 그런 탓인지 집에서 태어난 나보다 형님은 여기저기 아픈 곳이 많다. 언젠가 형님이 몹시 아파 병원을 전전할 때였다. 그의 상태를 살펴보던 수의사가 말했다.

"이 강아지는 태어나지 말았어야 했네요."

수의사의 말은 건강 상태가 매우 나쁜 엄마가 형님을 낳았을 것이고, 그래서 형님도 선천적으로 질병을 안고 태어났다는 것이다. 반려인 1은 그 말을 듣고 형님도, 그의 엄마도 너무 딱해서 속이 상했다고 한다. 그래도 그렇지, 세상에 태어나지 말았어야 할 생명이 어디 있는가.

제리 형님의 엄마는 다른 강아지보다 예쁘게 생겼다는 이유로 평생 종견장을 벗어나지 못했을 것이다. 인형같이 예쁘게 생긴 개를 상품처럼 찍어내기 위해서는 그런 엄마가 필요했을 테니까. 형님을 데려오던 그날 충무로 애견숍은 크리스마스를 앞두고 강아지를 선물하려는 연인과 가족들로 북적였다. 무지했던 주인들은 쇼핑하듯 이 집 저 집 돌아다니며 예쁜 강아지와 고양이를 찾았던 그 순간을 두고두고 후회한다.

수십 마리 강아지의 엄마였을 형님의 엄마는 지금쯤 종견장을 떠났을까. 아주 운이 좋아서 누군가로부터 구조돼 단 하루라도 푹신한 바닥에서 자고 깨끗한 물과 밥을 먹을 수 있었다면 좋겠다.

고양이가 개를 형님으로
모셔야 한다니

해맑지만 알고 보면 사연 많은 제리 형님.

그 밤, 나에게
돌려주면 안 되겠니

밤은 고양이의 시간

하나, 둘, 셋…. 오늘도 끝까지 세는 것을 포기했다. 베란다 맞은편으로 보이는 불 켜진 창을 헤아리는 것 말이다. 하나, 둘, 셋…. 이 역시 포기했다. 저 아래 큰길 헤드라이트를 밝힌 채 이 밤의 끝을 잡고 달리는 자동차 수를 세는 것을 말이다.

세상이 까맣게 내려앉으면 나는 오도카니 베란다 창문 앞에 앉는다. 맞은편에 사는 인간들이 하나둘 집에 불을 밝힌다. 저 멀리 크고 작은 상점들도, 사무실들도 밤을 맞을 준비를 한다. 처음에 이런 풍경을 구경할 때는 꽤나 재미가 있었다. 도로를 지나는 차들이 반딧불이처럼 꽁무니에 밝은 불을 달고 움직이는데, 마치 군무하는 듯 황홀해 보였다. 온기 어린 불빛

이 창밖에 어른거리기 시작하면 좀 감동하기도 했다. 이렇게 밤하늘에 별을 띄우는 마음으로 인간들은 밤을 맞는구나.

별 하나에 추억과
별 하나에 사랑과
별 하나에 쓸쓸함과
별 하나에 동경과
별 하나에 시와
별 하나에 어머니, 어머니

그들이 띄우는 별을 바라보며 나도 어느 시인(윤동주)처럼 그렇게 아름다운 말을 하나씩 불러보았다. 어릴 적 우다다를 함께 했던 나의 형 이름과, 터키시앙고라, 러시안블루, 아비시니안 등 이국 고양이들의 이름과 외롭고 배고픈 길고양이들의 이름과…

하지만 부르는 이름이 바닥이 날 때까지 이 지긋지긋한 인간들은 불빛을 끌 줄 몰랐다. 아, '밀당'도 모르나. 그 정도 고양이의 눈을 홀렸다면 이제 충분하다. 참치, 치킨, 쥐돌이, 간식 캔…. 아름다운 간식과 이젠 잘 갖고 놀지 않는 장난감 이름까지 헤아려봐도 인간들의 찬란한 밤은 끝이 나질 않는다.

밤은 고양이들의 시간이다. 이 책의 원고도 대부분 밤에 쓰였다. 그것도 모두가 깊이 잠든 칠흑같이 까만 밤, 아무도 내가 이렇게 타자를 치고 있으리라 상상조차 못 할 시간에.

우리가 하루에 16시간씩 잠을 자며 인간들에게 낮을 양보했다면 밤 시간은 우리에게 내줘야 하지 않는가. 밤은 길에 사는 나의 친구들이 사냥해서 아이들을 먹이는 시간이다. 아무도 방해하지 않는 지붕 위에서 날래게 몸을 달려보는 시간이기도 하고, 사람들을 피해 숨어 있던 그늘에서 나와 밤공기를 누비는 시간이다.

하지만 불 밝힌 집으로 돌아가는 사람들의 발길에 차일까, 헤드라이트를 번뜩이며 급하게 달리는 오토바이가 혹시 길 건너는 우리를 보지 못하고 내달리지 않을까 걱정하며 밤이 아주 깊도록 낡은 지붕 아래에 숨죽여 고양이의 시간이 오길 기다리는 게 현실이다.

그런데 우리 반려인들이 오매불망 기다리는 그 남자, 택배 아저씨는 요즘 종종 한밤중에 문을 두드린다. 아마도 아저씨는 더 깊은 밤이나 되어야 겨우 자기 집 문고리를 만질 수 있을 것이다. 인간들은 왜 이렇게 일을 많이 할까. 왜 휴식의 시간인 밤을 허물어서 쓸까. 그렇게, 할 수 있는 일보다 더 많은 할 일에 치이고 밀린 시간들이 쌓인 그들은 슬금슬금 고양이의 시간을 넘본다.

해거름이 지는 저녁부터 동트기 전 이른 새벽까지, 언제쯤 우리 고양이들은 잃어버린 시간을 돌려받을 수 있을까. 하나, 둘, 셋…. 밤을 잊은 그대들의 불 밝힌 창을 헤아리며 나는 기다린다. 모두들 그만 분주함을 접고 안락한 밤을 보내길.

햇볕도 좋은데
우리 산책 나갈까

낮은 개의 시간

내 이름은 제리. 만세가 늘 '제리 형님'이라고 부르는 그 제리다. 서당 개 삼 년이면 풍월을 읊는다는데, 나도 인간의 말을 여럿 알아듣는다. 그중에서도 듣기 가장 반가운 말을 꼽아보자면 이렇다.

"간식."

"이거 먹을래?"

"산책 나갈까?"

한편 귀를 막아버리고 싶은 말도 있다.

"이건 네가 먹는 거 아니야."

"목욕할까?"

"기다려!"

"안 돼!"

내가 좋아하는 인간의 말을 헤아리다 보니 생각나는 친구가 있다. 지로! 나의 일본 개 친구다. 그는 일본 말을 정말 잘 알아듣는다. 그리고 나처럼 산책을 무척 사랑한다.

그의 반려인 부부는 한국인과 일본인인데, 지로는 일본인 남자 반려인과 오래 함께 살았다. 한국인 여자 반려인이 지로의 성격을 아직 파악하지 못했던 결혼 초 어느 날, 두 사람은 피곤하고도 무료한 주말을 보내고 있었다.

"너무 피곤한 한 주였어. 오늘은 집에서 쉬자."

남자가 말했다. 두 사람은 소파와 바닥에 각자 누워 쉬던 중이었는데, 여자는 조금 지루해졌다. 그녀는 혼잣말하듯 한국 말로 "지로 산보나 시킬까?"라고 말했다. 그런데 갑자기, 평소 조용하고 몸짓이 크지 않은 남자가 무대에 오른 코미디언처럼 과장된 몸짓으로 몸을 벌떡 일으키며 말했다.

"안 돼, 쉿, 쉿!"

하지만 이미 '산보'라는 단어에 지로의 귀는 쫑긋 섰다. 일본에서도 한국과 같은 뜻으로 산보라는 단어를 쓰기 때문이다. 지로는 흥분하기 시작했다. 그날 두 사람은 지로에게 끌려나와 한 시간이 넘도록 달리고 걷기를 반복했다고 한다. 집념의 지로는 단 한 순간의 휴식도 허용하지 않는 개다. 지금도 여전히 에너지 넘치는 산책을 즐기며 지내고 있을까?

"이번 주말에 비가 안 오면 같이 산책 가자, 제리."

동네의 온 나무가 초록으로 물들기 시작하는 봄이 오거나 매미 소리가 잦아들기 시작하는 가을이 깊어질 때면 반려인 1이 자주 하는 말이다.

나는 추위를 많이 타는 종이라 겨울에는 산책을 잘 나가지 않는다. 어떤 날은 펑펑 쏟아지는 함박눈이 너무 탐스러워 반려인 1이 어린 나에게 난생처음 눈 구경을 시켜주겠다고 했다. 밖으로 나간 나는 눈부시게 하얗고 폭신해 보이는 눈을 한껏 기대를 안고 밟았다. 그런데 이럴 수가! 발가락 사이로 스며드는 차가움에 소스라치게 놀랐다. 발을 어디로 옮겨야 이 차가움을 피할 수 있을까. 눈밭에서 나는 이러지도 저러지도 못하며 안절부절 불안해했다.

모든 개가 인간들의 동화책에 나오는 튼튼하고 씩씩한 바둑이처럼 눈밭에 구르는 것을 좋아하리라 생각하면 오해다. 몇 번의 겨울을 보내며 반려인들은 추위에 대비해 내게 온갖 무장을 다 해줬지만, 나는 현관문을 나설 때부터 덜덜 떨리는 몸을 주체할 수가 없었다. 나갈 때는 귀찮고 괴롭지만 막상 길을 나서면 겨울 특유의 묵직한 공기가 기분 좋고 상쾌하기 그지없다는데…. 결국 우리는 겨울 산책은 포기했다.

하지만 바람에 연둣빛 풀 냄새가 살랑거리는 계절이 오면 얘기가 달라진다. 엉덩이가 들썩인다. 겨우내 듣지 못한 이웃 개들의 소식이며 길고양이의 안부가 궁금하다. 지금 사는 동네에 와서 처음 만난 오리 가족들도 겨울을 잘 보냈는지, 새끼 오리들은 건강하게 겨울을 났는지 물어보고 싶어진다. 산책하는 내게 목마르겠다며 얼음물을 가져다주던 동네 카페 누나는 여전히 그 자리를 지키고 있을지도 궁금하다. 이 모든 걸 확인하러 빨리 나가고 싶다.

고양이가 개를 형님으로
모셔야 한다니

짧은 봄과 가을, 열대야가 없는 여름밤. 1년 중 길지만은 않은 나의 산책 시즌이다. 우리는 동네를 돌아다니며 어떤 보석을 발견할까. 이번 겨울에는 어떤 궁금증들을 품고 있다가 내년 봄에 해결하게 될까. 어제와 다르고 내일과는 또 다른 오늘을 보내는 최고의 방법, 산책. 반짝이는 그 시간이 나는 너무 좋다.

지우와 제리 형님은 집에서 때때로 경쟁 관계지만,
그래도 산책할 때는 최고의 파트너라나.

우리에게 시간이
많지 않을지도 몰라

서로의 체온을 나누는 행복

내 이름은 제리. 평소와 다름없는 주말, 적막한 저녁을 깨는 소리가 들렸다. 현관문 밖에서 웅성대는 소리가 나는 듯하더니 외출을 마친 반려인들이 집으로 돌아왔다. 푹신한 방석에 앉아 엘리베이터가 우리 층에 설 때마다 귀를 쫑긋대던 나는 반가운 마음에 한달음에 현관으로 달려갔다. 꼬리에 모터라도 단 것처럼 신나게 흔들어대는데 갑자기 머릿속에서 꺼림칙한 신호가 오는 듯했다.

'아…, 뭔가 이상하다.'

나는 세상이 멈춘 듯, 얼음처럼 꼼짝없이 제자리에 섰다. 곧이어 몸이 옆으로 쏟아지고 입에서는 침이 거품처럼 흘러나왔다. 사지가 바들바들 떨렸다. 근육이 내 마음대로 통제되지 않았다.

그렇게 1~2분 지났을까. 나는 처참하고 외로운 경련의 세계에서 안온한 세상으로 다시 돌아왔다. 반려인 1이 한 손으로 쓰러진 내 몸을 붙들고, 다른 손으로는 내 배와 등허리를 쓰다듬고 있었다.

"괜찮아. 괜찮아질 거야, 제리."

경련이 끝났다고 손바닥 뒤집듯 곧바로 멀쩡해지는 건 아니다. 온전히 돌아오기 전까지는 큰 원을 그리며 온 집 안을 빙빙 돈다. 구석으로 들어가 벽에 계속 부딪히면서 앞으로 나아가기 위해 으르렁거리기도 한다. 한마디로 제 정신이 아닌 거다.

그렇게 휘돌면서 여기저기 부딪히니까 반려인 1은 나를 품에 꼭 안고 토닥인다. 하지만 별다른 효과는 없다. 평소 거의 짖지도, 으르렁대지도 않는 나는 이때만큼은 신경질적인 반응을 보인다고 한다. 경련하는 동안 나는 기억을 잃는다. 기억나지 않는 순간을 반려인들의 말을 통해 그려보면 이렇다.

2011년 초겨울, 경련이 처음 시작됐다. 울적한 겨울이었다. 할머니 상을 치르고 집에 돌아온 반려인 1은 노곤한 몸을 소파에 누이려던 순간 나의 경련을 발견했다. 옆으로 쓰러져 캑캑거리는 내 모습을 보고 우왕좌왕하다가 동네 동물병원으로 나를 안고 달려갔다. 동물병원에서는 여러 가지 가능성을 말하며 항경련제를 처방해줬다. 행여나 한밤중에 또 경련이 일어나면 밤늦게까지 하는 다른 병원에 가라고도 해주면서 그럴 일이 없길 바란다고 했다. 하지만 내 몸은 나의 의지와 인간들의 바람과 다르게 제멋대로 움직였다.

이런저런 검사 끝에 나의 병명은 뇌수두증으로 밝혀졌다. 머리에 물이 차는 병이다. 인간들은 이 병에 걸렸을 때 완치도 가능하다지만 동물 의학은 인간보다 한참 뒤처진다. 동물은 인간보다 작고 여리기 때문에 치료에 있어서 여러 가지 불가능한 것들이 많다. 동물이 먹을 수 있는 약이 개발되지 않았거나 수술이 안 될 가능성이 높다.

갑작스레 거품을 물고 쓰러지는 나를 안고 한밤중에 병원에 달려가는 일상은 그렇게 시작됐다. 큰 병원으로 옮겨 치료를 시작했다. 경련이 잡히지 않아 며칠씩 병원에 입원하는 날들도 있었다.

"완치는 불가능해요. 그리고 시간이 많지 않을 수도 있단 걸 염두에 두셔야 해요."

나를 진료한 수의사가 말했다. "제리보다 심하지 않은 친구도 얼마 전 큰 발작을 일으켜 병원에 한참 입원했어요. 경련을 오래 하면 체온이 높아져 체내 단백질이 굳어 장기 손상을 일으킬 수 있어요. 합병증이 올 수도 있다는 얘기고, 잘못될 가능성도 있다는 뜻이에요."

처음 경련을 일으켰던 그해에 내 상태는 굉장히 심각했다. 경련이 멈추지 않아 병원에 입원해서 겨우 진정된 다음에도 반려인들을 알아보지 못한 적도 있었고, 신경이 손상돼 왼쪽 눈 시력을 잃기도 했다.

절망적인 상황에서 반려인들은 청천벽력 같은 말까지 들었지만 희망을 놓고 싶지 않았다. 수소문 끝에 믿고 치료를 맡길 만한 병원을 찾았다. 좋은 선생님을 만난 덕분인지 나의 경련은 차차 잡히기 시작했고, 어느 정도 주기를 가지고 경련이 반복되긴 했지만 그래도 걷잡을 수 없는 날은 차츰 줄어들었다. 반려인들이 외출하고 돌아왔을 때 경련하는 내 병의 원인이 무엇인지는 정확히 밝혀지진 않았지만 어쨌거나 우리는 오랫

동안 고단한 시간을 함께 보내고 있다.

그러다 보면 아픈 생명과 함께 사는 것에 대해 생각하게 된다. 경련이 두렵진 않다. 지나고 나면 온몸이 욱신거리고 며칠 축 처져 있을 정도로 지치지만 더 무서운 것은 따로 있다. 이 시간이 영원하지 않을까봐, 어이없이 서로에게 안녕을 고할까봐….

우리는 인간들보다 수명이 짧고 심지어 아프기까지 하니 서로의 체온을 나눌 시간이 영원하지 않다는 것을 잘 알고 있다. 그래서 늘 마음을 단단히 먹으려고 노력하지만, 그럼에도 조금만 더 서로 눈을 마주치고, 함께 산책하고, 좋아하는 수박이며 사과를 나눠 먹고, 서로 몸을 붙인 채 잠드는 나날들이 한참 더 많이 남아 있으면 좋겠다. 그런 평범한 일상의 행복을 더 누리고 싶어 나는 열심히 버티고 있다.

무지개다리를
건너면 별이 된다고

영원한 형제 '톰'에 대한 회상

　내가 반려인들의 집에 들어와 '제리'라고 불렸을 때, 함께 이름을 얻은 고양이가 있었다. 톰, 그들의 첫 번째 고양이이자 나의 첫 고양이 형제다.

　반려인들이 만세를 가족으로 맞이하기 직전까지도 갈팡질팡하며 고민했던 까닭은 바로 톰 때문이었다. 고양이를 떠나보낸 지 얼마 되지 않았는데 새 가족을 들이는 건 먼저 간 아이에 대한 예의가 아니지 않을까, 그렇지만 새 식구를 들여야 한다면 내가 조금이라도 어릴 때 서로 쉽게 적응할 수 있도록 하는 게 좋지 않을까, 그들은 고민하고 또 고민했다.

　4개월간 함께 살았던 톰이 병에 걸려 병원에서 마지막 숨을

고양이가 개를 형님으로
모셔야 한다니

넘기고 난 다음, 그들은 자책했다. 동물을 기를 그릇이 안 되는데 연약한 생명을 함부로 보듬었다고 생각하는 듯했다. 그리고 동물이 아플 때 응급 처치를 할 만한 의료 시스템이 제대로 갖춰져 있지 않다는 사실을 알고는 안타깝고 답답해했다. 인간을 위한 응급의료 시스템도 허술한데 동물은 오죽할까. 숨이 오락가락하는 아이를 두고 퇴근하는 동물병원도 허다하다. 반려인들은 이러지도 저러지도 못한 채 그런 병원에 아이를 맡겨둔 자신을 책망하며 괴로워했다.

톰이 떠나기 며칠 전, 나는 톰의 상태가 좋지 않다는 것을 반려인들보다 먼저 알아차렸다. 그도 그럴 것이 나는 톰과 하루 종일 함께 있지만, 아침에 나가 저녁에 들어오는 반려인들은 톰을 주의 깊게 지켜볼 시간이 하루에 몇 시간이 채 되지 않는다.

대부분의 동물들은 몸이 아프면 아프다는 사실을 숨긴다. 약한 모습을 보이면 천적에게 공격을 당할지도 모른다는 야생의 본능이 남아 있는 것이다. 나도 처음에는 몰랐다. 하지만 이내 식음을 전폐하는 톰이 심상찮았다. 인간의 말을 할 수 없음이 답답했다. 반려인들이 돌이켜보며 후회하는 모든 순간들에 나도 괴로웠다. 톰이 밥을 먹는 게 신통치 않다는 사실을 인지한 반려인들은 일단 동네 동물병원을 찾았다.

"아기 고양이가 평소 식성이 좋았다
면 지나치게 많이 먹어 그럴 수도 있
으니 일단 두고 지켜보세요."

병원에 다녀온 반려인들이 의사의 진단을 얘기하는데, 나는
의아했다. 아무리 봐도 톰이 단순히 굶고 있는 게 아닌 것 같
은데….

병원은 고양이 양육 정보를 주고받는 온라인 커뮤니티에서
꽤 평이 좋은 곳이었다. 그때만 해도 고양이에 대한 얄팍한 지
식마저 없었던 반려인들은 병원 말을 곧이곧대로 들었다. 하
지만 평소 밥을 잘 먹던 고양이가 갑작스런 식욕 부진을 보이
면 건강에 심각한 문제가 생겼다는 신호다. 건강 문제에 경고
등이 켜진 게 아니라 하더라도, 예민하고 섬세한 고양이들은
2~3일 이상 끼니를 거르면 곧 지방간이 와서 건강에 치명적
일 수도 있다.

톰은 시간이 지날수록 더 기운이 없어지고 힘들어 했다. 반
려인들은 서둘러 다른 병원을 수소문했다. 그 병원에서는 복
막염으로 추정된다고 했다. 정확한 진단을 위해 톰의 피를 뽑
아 검사센터로 보내겠다고 말했다.

고양이가 개를 형님으로
모셔야 한다니

"그런데 주말이 끼어 검사 결과를
받는 데 시간이 좀 걸릴지도 모르겠
어요. 그사이에 잘못되더라도…."

의사는 말끝을 흐렸다. 다른 여러 병원에 전화를 돌려 증상
을 말하니 같은 진단을 내렸다.

어린 고양이들이 복막염에 걸리면 치명적이다. 살아날 가망
이 거의 없다. 하지만 반려인들은 틈이 복막염이 아닐지도 모
른다는 1퍼센트의 가능성에 매달렸다. 늦은 후회와 자책이 뒤
따랐다. 왜 더 빨리 제대로 된 진단을 받을 생각을 하지 못했
을까, 고통으로 앓는 소리조차 못 내는 아이를 왜 이토록 방치
했을까, 왜 평소에 좀 더 섬세하게 아이의 상태를 살피지 못했
을까.

톰은 진단 결과가 돌아오기도 전에 눈을 감았다. 그날이 마
지막일 줄 알았으면 차라리 집에 데려올 걸. 반려인들은 숨을
헐떡거리며 병원의 유리방에서 가지 말라는 듯한 눈빛으로 바
라보던 톰이 계속 눈에 아른거렸다. 톰은 의사들이 퇴근한 뒤
마지막 숨을 거뒀다. 아무래도 톰이 마음 쓰였던 의사가 불안
한 마음에 밤중에 병원 문을 다시 열고 들어왔을 때 톰은 이미
무지개다리를 건넌 뒤였다. 아무도 곁을 지켜주지 못한, 쓸쓸

한 마지막을 보내고 간 작은 고양이 톰은 반려인들에게 죽음이 이토록 느닷없고, 삶이 허망한 것임을 알려주고 떠났다.

톰은 사려 깊고 따뜻한 고양이었다. 반려인들은 톰과 보낸 4개월 동안 고양이가 얼마나 멋진 동물인지를 깨달으며 황홀해했다. 회색 털이 보송보송했던 아기 고양이 톰은 동그란 두상에 날렵한 몸을 가졌다. 에메랄드 빛 눈을 반짝이며 반려인들의 품으로 파고들고, 내 뒤꽁무니를 졸졸 쫓아다니며 여느 집 막내처럼 굴다가도 어느 틈엔가 날렵한 몸짓과 카리스마로 세상을 압도하는 듯했다.

톰은 조용하게 울고 나긋나긋 걸어 다니기 좋아하는 한편 장난스럽게 놀기도 좋아했다. 컴퓨터 화면에 떠다니는 마우스 커서를 쫓아 머리를 이리저리 움직이는 톰 때문에 반려인들은 잠시 일손을 놓고 어쩔 수 없다는 듯 웃음을 터뜨리곤 했다. 외출 전 눈에 띄지 않도록 책장의 책 사이에 숨어 있다가 온 집 안을 뒤지며 찾는 반려인들을 깜짝 놀래기도 했다. 반려인들이 TV를 보고 있으면 옆에 다가와 슬며시 앉고, 늘 나를 이기려고 했지만 장난감이든 간식이든 모든 것을 양보하는 다정함을 보이기도 했다.

모든 순간이 사랑스러웠던 톰 때문에 나 역시 도토리처럼 작고 귀여웠음에도 불구하고 솔직히 찬밥 신세였던 순간이 많

고양이가 개를 형님으로
모셔야 한다니

았다. 톰에게 사랑을 퍼부어대는 반려인들이 보기 싫어 방석에 몸을 틀고 누워 벽을 보고 있었던 적도 여러 번이다.

그런 톰이 숨을 멈추고 누워 있다는 게 믿어지지 않았다. 동화처럼 결말이 났으면 좋겠다고 바라는 현실의 순간들이 있다. 반려인들이 차갑고 딱딱한 회색 털 뭉치가 된 톰을 끌어안고 눈물을 뚝뚝 흘릴 때, 나는 마법처럼 톰이 되살아나면 좋겠다고 생각했다. 가만히 누워 꼼짝 않는 톰이 너무 낯설어서 한참 주변을 돌며 냄새를 맡았다. 그 순간, 톰의 심장이 다시 뛰고 따뜻한 체온이 돌아오면 얼마나 좋았을까.

톰은 반려인 2가 다니던 학교 안의 어느 나무 아래 뿌려졌다. 반려인들과 나는 종종 차를 타고 그곳에 다녀오곤 했다. 톰이 떠난 지 한 해, 두 해가 지났을 때는 몇 마리의 고양이들이 그 나무 옆의 정원에 모여 있었다.

'톰, 그새 친구들을 많이 사귀었구나.'

나는 속으로 안도했다. 그곳에 터를 잡고 사는 고양이가 그렇게 많은지 몰랐는데 마치 톰의 친구가 되어주기 위해 모인 듯 했다. 고양이들은 나무를 쓰다듬으며 먼저 간 작고 여린 생명을 기억하는 반려인들과 나를 가만히 지켜보고 있었다.

톰을 보내고 나서 우리는 고양이들이 무지개다리를 건너면 별이 된다는 말을 이해하게 되었다. 흐릿해지는 듯하다가도 어느 순간 반짝하고 마음에 아릿하게 떠오르는 별 하나가 우리의 가슴에 박혔다.

고양이가 개를 형님으로
모셔야 한다니

4장

인간이여,
항상 고민이 많구나

내일 걱정을 위해
잠자리를 뒤척이다니

걱정이 없으면 그것도 걱정

계절이 깊은 겨울을 향해 달려가던 어느 날이었다. 밤사이 함박눈이 펑펑 내렸다. 이른 아침에 나가는 반려인 2가 반려인 1에게 메시지를 보냈다. "창밖 좀 봐."

반려인 1이 커튼을 열어젖히자 마치 나의 털처럼 하얗고 보송보송한 눈이 담요인 양 포근하게 세상을 덮고 있었다. 반려인 1은 자고 있는 아이의 어깨를 조심스레 흔들어 깨웠다.

"눈이야. 겨울왕국 같아."

애니메이션 〈겨울왕국〉에 흠뻑 빠져 있었던 지우가 눈을 번쩍 떴다. 아이는 거실로 달려 나가 커튼을 열었다. 침대 발치에 누워 있던 나도 아이를 졸졸 따라갔다.

"우와, 눈이다! 만세야, 이것 봐봐. 눈이 왔어. 하얗지? 엄마, 우리 올라프 만들러 나갈까?"

반려인 1이 고개를 끄덕이자 지우는 평소보다 신나게 나갈 채비를 했다. 아침마다 "오늘 어린이집 가는 날이야? 오늘 밤 자고 나면? 자고 일어나도 어린이집 가?" 하고 물었던 지우는 그날 아침은 한껏 기분이 들떠 매일 하는 질문도 하지 않았다.

두둑이 입고 달려 나간 아이는 눈 만난 바둑이마냥 즐겁게 놀았을까. 하지만 그날 저녁 반려인 1이 아이를 돌봐주는 할머니에게 얘기하는 걸 들어보니 그렇지만은 않은 것 같았다.

"아침에 눈이 와서 신나게 나갔는데, 얼마나 귀여웠는지 몰라요. 모래밭인 양 철퍼덕 주저앉더라고요. 그러더니 눈으로 뭐 만들고 싶다고 하고, 미끄럼틀을 올라갔다 내려갔다 하며 쌓인 눈을 밀고…. 그냥 두면 하루 종일 놀 것 같았는데 바쁘다고, 늦었으니 이만큼만 하고 가자고 채근한 게 종일 너무 맘에 걸렸어요."

내가 보기에 아이는 엄마의 마음 따위 안중에도 없이 그날 오후 즐겁고 행복한 표정으로 잘 놀았다. 걱정을 할 시간에 일찍 집에 와서 아이와 살 부비며 아침의 시간을 보상하면 될 텐데, 인간들은 왜 이렇게 모든 상황에 자기들의 시선을 보태서 더 복잡하게 만드는 걸까.

아이를 낳고 반려인 1은 걱정이 많아졌다. 대체로 무심하고, 남의 일은 상관 않고, 성질이 급해 한 가지 일로 오래 생각하는 걸 싫어했던 그녀는 온갖 사소한 걱정을 다 하는 사람으로 바뀌었다.

고양이 같았던 인간이 어쩔 줄 몰라 하는 강아지 같은 인간으로 변했다. 걱정할 거리가 없는 날에는 걱정할 게 없어 걱정이었는데, 예를 들면 이런 식이다.

아이를 두고 일주일간 출장을 앞둔 반려인 1이 이전에는 단 한 번도 하지 않았던 종류의 걱정을 한 적이 있었다.

"이건 너무 바보 같은 걱정이어서,
만세 너한테만 말하는 거야. 내가 탄
비행기가 잘못되면 어떡하지?"

나는 콧방귀를 뀌며 별 반응을 보이지 않았다. 그러나 반려인 1은 한참 동안 소파에 앉아 온갖 드라마 속 상황을 머릿속에서 펼치며 가당찮은 상상을 이어가는 듯했다.

한번은 손님이 놀러 와서 나를 보고 "아이쿠, 이 고양이 임신했어요?"라고 물으며 나의 뱃살을 범상치 않게 바라보고 간 다음에도 반려인 1은 예전과 다르게 전전긍긍했다. 급기야 반려인 2를 붙들고 이런 말을 늘어놓기도 했다.

> "만세가 점점 나이가 들어가는데, 계속 이렇게 뚱뚱해도 괜찮을까? 나이가 들어 비만 때문에 건강이 나빠지면 어떡하지?"

반려인 1은 고양이 다이어트 비법, 고양이 살 빼기, 고양이 비만, 뚱뚱한 고양이 건강 등 나의 뚱뚱함과 관련된 온갖 검색어 조합을 만들어 핸드폰을 눌러대기 시작했다.

하지만 따지고 보면 반려인 1의 그런 모습은 새삼스러운 것 같진 않다. TV를 봐도, 반려인들이 책장에 꽂아놓은 책만 봐도 인간들은 온갖 걱정을 떠안고 사는 것 같다. TV 드라마와 뉴스에 차고 넘실대는 내 걱정, 남 걱정, 남의 나라 걱정···. 책장을 빼곡히 뒤덮은 지구 걱정, 생태 걱정, 과거 걱정, 미래 걱정…. 심지어 반려인 2는 즐겨 보는 웹툰의 다음 회를 기다리며 주인공 걱정도 한다.

지금 이 순간의 기쁨을 가장 소중하게 생각하는 고양이들은 이해하기 어려운 인간의 정서다. 하지만 나날이 이어지는 수많은 걱정과 고민 끝에 조금 더 나은 내일을 만들려는 그들의 삶의 방식을 폄하하려는 건 아니다. 다만 내가 사랑하는 인간들이 내일 걱정을 위해 오늘밤 잠자리를 뒤척이는 오류는 범하지 않았으면. 어떤 날에는 고양이처럼 하루 종일 별일 없이 시간을 보내면서 무엇에도 맘 졸이지 않는 하루를 지내봤으면.

나는
냥이로소이다

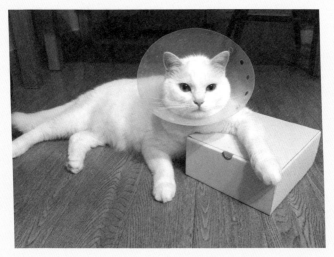

인간이여, 고민이 너무 많구나.

외롭고 심심한데
나도 동물을 키울까

아름다운 그림은 책임의 덤

내가 사는 집에는 귀여운 것들이 셋이나 있다. 아기, 강아지, 그리고 나 고양이. 음, 보다시피 나는 외모가 출중…까지는 아니지만 그럭저럭 볼 만하다. 하얗고 탐스러운 털, 보석처럼 빛나는 눈동자, 앙증맞은 분홍색 코와 젤리, 그린 듯한 둥근 몸매까지.

제리 형님도 귀엽기로는 나와 자웅을 겨룬다. 영민하게 쫑긋 솟은 귀, 우물처럼 깊은 눈동자, 날렵하게 솟은 꼬리, 그들의 세계에서 귀엽고 우아하기로 손꼽히는 종종거리며 걷는 모습까지. 그리고 아기야 뭐, 사람이든 동물이든 귀여움으로 승부를 보는 시절이 아닌가.

이렇게 귀여움이 주렁주렁하다 보니 어떤 사람들은 이렇게 말하며 부러워하곤 한다.

"내가 원하던 그림이야."
"외롭고 심심한데 나도 한 마리 들여야겠어."

하지만 동물과 사람이 함께 산다는 것은 그림 같은 일도 아니고, 외롭고 심심함을 달래주기만 하는 일도 아니다. 완전히 다른 종이 공존한다는 것은 배려와 배움, 책임과 양보가 뒤따르는 일이다.

우선 우리와 함께하려면 털과의 전쟁을 각오해야 한다. 한때 나는 우리 반려인들이 청소 도구 수집광인 줄 알았다. 집 안 곳곳에 청소 도구가 보초처럼 놓여 있다. 크고 작고 선이 있고 없고…. 그토록 많은 청소기가 있다는 사실을 나는 처음 알았다. 우리 집에는 10종이 넘는 청소 도구가 있다. 크기가 다른 두 대의 무선청소기를 비롯해 유선청소기, 로봇청소기, 스팀청소기, 물걸레청소기, 침구청소기. 여기에 전기를 사용하지 않아도 되는 부직포 걸레, 먼지떨이, 물걸레, 심지어 아기가 가지고 노는 뽀로로 장난감 청소기까지!

인간이여,
항상 고민이 많구나

청소기의 종류가 이토록 많은 것도 놀라운데, 더 놀라운 것은 게으르기가 베짱이 조상님 같은 반려인들이 이 모든 도구를 깨알같이 활용해 청소를 해댄다는 사실이다. 반려인들은 아침에 눈을 뜨면 로봇청소기를 돌린다. 눈곱도 떼지 않고 무선청소기를 꺼내 집 안 곳곳을 불도저처럼 밀고 다닌다. 주말에는 작심하고 다용도실에서 유선청소기를 꺼낼 때도 있다. 부직포 걸레로 먼지를 훑는다. 물걸레 청소기를 돌린다. 테이프 롤러로 소파와 침대에 붙은 털들을 떼어낸다.

그럼에도 불구하고 우리의 털들은 참으로 꿋꿋해서 어느 구석에서든 슬그머니 고개를 내민다. 소파 사이에 제리 형님의 털 한 올이 삐죽이 솟아 있기도 하고, 책상 밑 구석에서 가벼운 나의 털이 탁구공만 한 뭉치가 되어 돌연 튀어나오기도 한다. 그러므로 마치 청소하기 위해 태어난 사람처럼 매일 아침 짬을 내서, 그리고 주말 반나절을 움직여 청소해도 집을 방문한 손님들에게 이런 말을 듣고야 마는 것이다.

"아기 있는 집에 이렇게 털이 날아다녀서 되겠냐."

그런데 털과의 전쟁이 전부가 아니다. 때 되면 화장실 치워야지, 냄새 나기 전에 씻겨야지, 털이 엉기거나 더 빠지지 않도록 수시로 빗어줘야지, 밥이랑 물 떨어지지 않게 챙겨줘야지, 놀아달라면 놀아줘야지, 가끔 토하거나 밥을 잘 안 먹을 때는 건강에 이상이 없나 신경 써서 지켜봐야지, 아프면 병원에 데려가야지…. 이래서 고양이 키우는 사람들을 집사라고 하는 것이다.

집 안팎에서 벌어지는 크고 작은 사고를 막는 것도 이들의 몫이다. 늘 발톱이 근질거리는 나는 반려인 1이 결혼하며 아버지에게 선물 받은 소파를 결국 '해먹었다'. 오돌토돌한 소파 표면이 무척이나 맘에 들었다. 발톱에 적당히 걸리는 듯하면서도 보드랍게 뜯어지는 그 질감이란. 나비처럼 날아올라 박박 긁어대다 반려인들에게 엉덩이를 맞기도 수십 번. 그럼에도 소파 뜯기의 중독에서 헤어날 수 없었다.

소파뿐만이 아니다. 패브릭 의자도 나를 유혹했다. 굵은 실로 성기게 짜인 천의 느낌이 특히 좋았다. 나를 위해 일부러 마련한 듯 그런 천으로 감싼 의자가 집에 두 개나 있었다. 당연히 나는 엉덩이를 대고 앉는 부분에 올라 앉아 박박 긁었다. 한 올 한 올 일어난 모양이 꼭 멀리서 보면 이글이글 타오르는 불꽃처럼 예술적이었다. 나는 내가 만든 작품을 보며 흐뭇해하곤 했다. 하지만 반려인들은 나의 예술 세계를 이해하지 못하고 또 엉덩이를 때렸다. 이런 스크래치에 대비해 그들은 거대한 스크래처와 노끈 등을 마련해뒀지만, 그런 스크래처 따위로 나의 긁기 욕망을 채울 순 없었다.

나는 가죽과 천으로 만든 의자에 탐닉하지만 어떤 고양이는 벽지에, 어떤 고양이는 니트 의류에 탐닉하곤 한다. 나무로 만든 가구의 끝을 쥐처럼 파먹는 고양이들도 있다. 어디 고양이만 그런가. 신발을 껌처럼 씹고 두루마리 휴지로 살풀이를 하는 개들은 또 어떤가.

이 정도는 귀엽게 감수하며 살 수 있다는 사람도 있을 것이다. 하지만 따뜻하고 예쁜 그림의 이면에 몸뿐 아니라 마음이 고된 일도 있다는 걸 염두에 둬야 한다. 개든 고양이든 인간보다 수명이 짧다. 언젠가는 슬프고 긴 이별을 해야 한다.

길다면 길고 짧다면 짧은 그 세월을 함께 사는 동안 말도 못하고 고통을 견뎌내는 동물을 바라보는 일이 생기지 말라는 법이 없다. 제리 형님은 지난 몇 년간 수십 일에 한 번씩 경련을 했고 평생 약을 먹어야 한다. 반려인들은 외출하고 돌아올 때마다 오늘 갑자기 경련하지 않을까 가슴 졸이며 들어와야 했다. 지금은 병세가 많이 호전됐지만 경련을 멈추지 않는 형님을 안고 새벽에 병원으로 달린 적도 있다.

제리 형님이 병원에 다녀와 하는 얘기를 들어보면 동물들의 종합병원 같은 그곳에는 온갖 사연을 지닌 개와 고양이가 가득하다. 암, 신부전, 췌장염…. 병명이라도 알면 다행이다. 앞서 얘기했듯 동물들은 자신의 약한 모습이 들키면 공격당하기 쉬우므로 고통을 드러내지 않는다. 그래서 병원에는 증상으로 나타날 때까지 병이 악화된 상태로 오는 경우가 많다. 형님은 진단을 받기 전 초초한 얼굴로 대기실에서 안절부절못하는 반려인들의 모습이 얼마나 딱한지 모른다고 했다.

그러니까 동물과 함께 산다는 것은 그저 '예쁜 그림'이 아니다. 인간들이 서로 부대끼며 살아가는 것처럼 동물과 삶을 공유하는 일도 크고 작은 문제에 봉착하고 이것을 해결해나가는 순간의 연속이라는 것을 알아야 한다.

하지만 우리를 그저 비싼 인형처럼 취급하는 사람이 너무 많다. 인간들의 통계에 따르면 최근 한국에서 버려진 개와 고양이가 8만여 마리라고 한다. 아파서 병원비가 많이 든다는 이유로, 휴가를 떠나야 하는데 맡길 사람이 없다는 이유로, 막상 키워보니 똥오줌 치우기도 귀찮고 너무 많이 짖거나 운다는 이유로 버린다. 우리는 우리의 의지와 상관없이 가족이 됐다가 이런 볼품없는 이유로 그들의 영역에서 배제되곤 한다.

작은 바람이 있다면, 막연하게 동물을 사랑한다고 생각하는 사람보다 책임질 수 있는 사람과 가족이 됐으면 한다. 너무나

인간이여,
항상 고민이 많구나

도 다른 우리가 이렇게 시간과 공간을 공유하면서 얻게 되는 소소한 번거로움 혹은 언젠가 찾아올 슬픔을 견딜 각오가 되어 있다면, 그로 인해 얻는 포근하고 따뜻한 일상은 커다란 선물이다. 물론 그림처럼 아름다운 순간들도 말이다.

택배를 위해
초인종은 울린다

무언가 사기 위해 사는 인간

그날도 따뜻한 바닥에 배를 깔고 누워 슬금슬금 몰려오는 잠을 기꺼운 마음으로 기다리는 중이었다. 누구에게도 방해받고 싶지 않은 순간이 있는가. 그렇다면 당신과 함께 사는 고양이가 어디 있는지 살펴보라.

고양이 명언 1장 1절. "고양이가 앉아 있는 바로 그 자리가 당신의 집에서 가장 아늑하고 고요하며 멍때리기 좋은 장소이니라."

명당에 자리를 잡고 무거운 눈꺼풀을 들었다 놓았다 하는 찰나에 경망스럽게 울리는 종소리가 나의 꿀잠을 방해했다. 반려인 1이 사냥감을 발견한 고양이처럼 경쾌하고 날렵하게 인터폰을 향해 달려 나간다. 1박 2일 동안 기다렸던 그분이 오셨구나. 택배 아저씨!

현관문 안으로 불쑥 내민 그 손은 오늘도 그녀에게 커다란 종이 상자를 건넸다. 그를 처음 봤을 때 나는 반려인 1에게 대단한 은혜를 입은 사람인 줄로만 알았다. 은혜를 아는 동물인 고양이는 고마운 상대를 만나면 성실하게 보은한다. 새나 쥐 같은 소중한 사냥감을 물어다 조용히 놓고 가면서 마음을 전한다. 나는 밥이나마 챙겨주는 반려인들에게 고마운 마음이 들 때면 이 집구석에서 가장 소중히 여기는 물건을 물어다주곤 한다. 언젠가 내가 아끼는 말랑한 헝겊 공을 반려인 2 앞에 가져다놓았을 때 그는 이렇게 반응했다.

"애 좀 봐, 자기가 강아지인 줄 아나 봐?"

그렇게 말하며 그는 신나게 공을 멀리 던졌다.

'그게 아니라고, 인간아.'

하는 수 없이 공을 주워 다시 가져다놓으면 그는 쾌활한 목

나는
낭이로소이다

인간이여,
항상 고민이 많구나

소리로 같은 말을 하며 또 공을 얼른 집어 던진다. 내 마음 모르는 멍청한 인간이여.

상자를 든 사나이는 어찌나 자주 상자를 가져다놓는지, 어떤 날은 네댓 개가 쌓여 현관문을 가릴 때도 있다. 그러면 인간들의 삶을 가만히 들여다보는 것이 업인 나는 앞발 사이에 가만히 고개를 파묻으며 생각해본다. 그 옛날 헤밍웨이는 물었던가. 무엇을 위해 종은 울리나. 택배 기다리는 자를 위해 종은 울린다. 톨스토이도 물었던가. 인간은 무엇으로 사는가. 사기 위해 산다.

매주 월요일이 있는 것이 얼마나 다행인지. 재활용 쓰레기 버리는 날이 없다면 이 집은 택배 상자가 숨 쉴 틈 없이 들어찰 것이다. 사기 위해 사는 반려인 1 역시 어느 날 문득 그런 생각이 들었나 보다. '이러다 택배 상자에 파묻혀 죽을지도 몰라.' 그러면서 또 책 속에 길이 있다며 자신의 소비 생활을 돌이켜보며 책을 사 모은다.《누가 내 지갑을 조종하는가》,《더 많이 소비하면 우리는 행복할까?》같은 책들이 책장에 쌓이기 시작한다.

"아, 제발 그만 좀 사!"

늘 잠이 부족하다고, 할 일이 산더미라고 툴툴거리는 반려인이여, 아무것도 사지 않으면 고양이처럼 16시간씩 잘 수 있다. 사지 않으면 고민하지 않아도 된다. 선택하지 않아도 된다. 새 물건을 위해 헌 물건을 버리는 수고를 하지 않아도 된다. 하지만 이런 참견은 늘 사양하는 게 인간이지. 왜 사냐건, 그냥 웃지요.

인간이여,
항상 고민이 많구나

고양이는 무엇으로
사는가

끊기 어려운 숨바꼭질의 중독성

사람은 무엇으로 사는가. 톨스토이 할배가 같은 제목의 책에서 "사람은 무릇 일신의 안위를 걱정하며 사는 것이 아니라 사랑으로 산다는 것을 저는 알게 되었습니다"라고 썼지만, 앞에서 말했듯 내가 관찰한 결과는 이렇다. 사람은 사기 위해 산다. 택배 상자를 기다리며.

그렇다면 고양이는 무엇으로 사는가. '사'자로 시작하는 사람이 사기 위해 산다면 '고'자로 시작하는 고양이는? 고독? 고뇌? 고찰? 고객? 고…, 고기?!

그렇다. 사람이 사기 위해 산다면, 고양이는 고기를 (먹기) 위해 산다. 생각해보면 틀린 말도 아니다. 먹어야 살고, 살아야 생각하고 생동하므로. 아무리 달콤한 말로 오이, 당근, 고구마, 상추를 권할지라도 나는 간다, 육식의 길을.

나의 육식 탐닉에 대해서는 앞에서 이야기한 적이 있으므로 여기선 언급하지 않고, 고양이는 진짜 무엇을 위해 사는지 생각해보도록 하겠다.

그러니까 고양이는 무엇으로 사는가. 반려인들, 제리 형님과 어울려 사는 것을 보면 종을 뛰어넘는 사랑인가? 세계 평화인가? 아니, 그런 게 아니다. 고양이는 일신의 안위를 걱정하며 살지 않는다. 사랑으로 사는 것도 아니다. 거창한 담론에 매료되지도 않는다. 고양이는 그저 반려인과 숨바꼭질하는 재미로 산다는 사실을 아시는가.

인간 세계에 깃들어 있지만 태생적으로 혼자이길 좋아하는 우리는 늘 한 발만을 지금 속한 세계에 담그고 있다. 진짜 고양이들의 세계와 인간 세계를 오가고 싶을 때, 우리들은 숨바꼭질을 하며 존재를 확인한다.

이를테면 이런 상황이다. 반려인 1이 책상에 앉아 사부작거리고 있다. 보아하니 일을 한다고 노트북을 켜놓고 또 마감병이 도져서 망망대해 같은 쇼핑, 뉴스, SNS의 세계에 빠져 허우적거리고 있구나. 책상 귀퉁이에 앉아 그녀를 가만 보고 있는데 갑자기 그녀가 고개를 들고 나를 바라본다. 그리고선 어디

인간이여,
항상 고민이 많구나

서 주워들었는지 눈을 천천히 여러 번 깜박였다.

> "어? 이런 게 고양이 키스라는데 너
> 는 왜 반응이 없냐?"

인간들의 고양이 책에는 고양이 눈을 뚫어지게 바라보면 고양이가 위협의 뜻으로 읽고 공격적으로 행동할 수 있다고 쓰여 있다. 그래서 고양이에게 호감을 나타내고 싶으면 천천히 눈을 깜박이며 다정한 신호를 보내라고 한다.

하지만 이런 것도 '고양이 by 고양이'일 뿐. 나 같은 무뚝뚝한 고양이에게 고양이 키스를 날려봐야 시큰둥한 반응으로 돌려줄 수밖에. 그런 모습을 보고 앉아 있자니 놀려주고 싶은 생각이 슬그머니 솟아올랐다. 내가 반응할 때까지 멍청한 얼굴로 눈을 깜박이고 있는 반려인 1을 가만 쳐다보고 있다가, 갑자기 크고 무거운 엉덩이를 놀라운 속도로 들어 올려 냅다 달리기 시작했다. 우다다다다, 다다다다다.

그러면 놀 때만 눈치 빠른 반려인 1이 즉각 반응한다. 슬금슬금 방문 뒤로 몸을 숨겨 속삭이듯 나를 부른다.

> "만세야!"

나는
냥이로소이다

누가 보면 바보 같아 보이는 즐거운 숨바꼭질. 그러나 이것이 고양이들이 얼마나 사랑하는 놀이인지 확인해보시라. 포털 사이트 검색창에 '고양이 숨바꼭질'이라고 치면 세상 심드렁한 고양이들이 숨바꼭질만큼은 얼마나 열심인지 수많은 간증이 이어진다. 읽다 보면 너무 귀여워서 발을 막 동동 구를지도 모른다. 그러므로 이런 팁은 꼭 체크해둬야 한다.

> "여기서 중요한 것은 잡힐 듯 말 듯,
> 눈을 한 번 꼭 맞추시고요…"

집 안에서만 사는 집고양이일지라도 세상은 넓고 숨을 곳은 많다. 커튼이나 가구 사이, 냉장고 위에 잠복하고 있다 물귀신처럼 발목이나 머리채를 낚아채는 것은 기본, 외출한 반려인이 집에 오길 기다렸다가 와락 하고 달려든다. 장난감 사이에 인형인 척 숨어 있을 때도 있다. 구석에 움츠리고 있다가 날다람쥐처럼 몸을 활짝 펴고 달려들기도 한다. 어떤 고양이는 제 행동에 제가 놀라 소스라쳐 도망가기도 한다.

숨바꼭질에 심취하다 보면 진짜 찾기 어려운 구석에 숨고 싶은 날도 있는데, 이때 유의 사항이 있다. 반려인이 깜빡 고양이를 잊어버린다거나, 고양이가 숨어 있다 기어 나올 타이

인간이여,
항상 고민이 많구나

숨은 고양이 찾기

밍을 놓치면 심장이 철렁하는 순간이 올 수도 있다.

어떤 고양이는 반려인이 퇴근할 때 놀래주려고 현관 앞에 세워둔 아기 유모차 아래쪽 바구니에 몸을 숨기고 있다가 잠이 들었다고 한다. 낮에 아이를 돌보러 온 할머니가 이 사실을 모르고 유모차에 아이를 싣고 외출했는데, 장바구니 담요 안에서 잠든 고양이가 낯선 바깥 풍경에 너무 놀라 아연실색하며 달려 나간 것이다. 고양이를 찾느라 온 가족이 백방으로 수소문을 하고, 고양이도 다시 집을 찾아 돌아가기까지 몇 날 며칠 노숙하며 고생했다는 후문이다.

사실은 나도 언젠가 반려인이 정리하려고 거실에 켜켜이 쌓아둔 이불 사이에 숨어들었다가 그대로 세탁소에 실려 갈 뻔한 적도 있었지 뭐냥.

에라 모르겠다.
인간은 1도 모르겠다.

우리 집에는 날마다
태풍이 휩쓸고 간다

반려인들이 지나간 자리

우리 집에는 태풍 1, 2, 3호가 있다. 덩치가 작은 순서대로 파괴력이 크다.

먼저 1호 태풍이 지나간다. 목표가 정해지면 서슴없다. 첫 번째 목표물은 장난감 통이다. 제 몸집만 한 상자를 거꾸로 들어 안에 든 모든 것을 쏟아버린다. 그다음은 책장이다. 단정하게 꽂혀 있는 책을 모두 뽑아낸다. 서랍을 열고 들어 있는 모든 옷을 꺼낸다. 종이가 손에 잡히면 찢는다. 색연필이 손에 잡히면 바닥에 그린다. 밥 먹다가 지루해지면 농부가 씨를 뿌리듯 음식을 온 바닥에 골고루 던진다. 곧 식탁 아래에서 배와 사과와 벼가 싹을 틔울 것만 같다.

시간이 흘러 밤의 고요가 찾아오면 집 안은 마치 태풍이 지나간 후 폐허가 된 도시의 축소판을 보는 것 같다. 모든 것이 제자리를 찾지 못하고 떠도는 현장. 우유병은 장난감 바구니에, 과자 부스러기는 책꽂이에, 옷장을 탈출한 양말 꾸러미는 침대 위에 널브러져 있다. 태풍 1호는 이렇게 가구와 방, 장난감과 살림살이 등 모든 것의 경계를 흩트려놓는다. 그러다 문득 이런 말소리가 들린다.

"낸내 갈까(자러 갈까)?"

태풍이 잦아든다는 신호다. 태풍 매미 버금가도록 세상을 휘몰아치다 드디어 잠잠해진다는 신호를 보낸다.

태풍 1호가 끝없이 저지레를 하는 데 자양분을 공급하는 이가 있다. 바로 태풍 1호의 엄마, 태풍 2호다. 밤이 내려앉으면 한숨을 내쉬며 1호가 어지럽힌 세상을 바라본다. 하지만 정리에 앞서 태풍 2호는 해야 할 일이 있다. 일단 칼을 뽑아든다. 칼을 뽑았으면 무라도 썰어야 한다. 아닌 밤중에 도마를 두드린다. 부엌 수납장에서 냄비를 꺼낸다. 냉장고에서 다시마와 멸치를 꺼내 물에 우린다. 어제 마트에서 사온 굴을 소금물에 흔들어 씻는다. 슴슴, 간을 보며 국을 끓인다. 버섯을 볶아 들

깨가루를 털어 넣고, 생선 한 토막도 굽는다.

"아, 다했다. 내일 지우가 잘 먹겠지."

　태풍 2호의 얼굴에 뿌듯해하는 표정이 어른거린다. 가슴이
벅찬 나머지 설거지는 잊고 만다. 그러니까 태풍 2호는 주로
주방을 집중 공략한다. 치워지지 않은 거실에 설거지가 산을
이룬 주방이 완성되면 태풍 2호가 잦아든다. 태풍 1호의 아빠,
태풍 3호가 등장할 시간이다.

　두 차례의 폭격이 지나간 거실과 주방을 보고 태풍 3호는
어쩌면 울고 싶을지도 모른다. 모두 잠든 뒤에 태풍 3호의 활
동이 시작된다. 밀레의 〈이삭 줍는 사람들〉처럼 허리를 숙이
고 장난감을 줍기 시작한다. 거실 한쪽에 켜둔 아련한 불빛만
이 그의 굽은 등을 토닥인다. 거실 재건 사업을 끝낸 후에는
부엌으로 고개를 돌려 한숨을 내쉰다. 맥주만이 그를 구원할
지니. 집에 맥주가 떨어지는 날 없도록 늘 애쓰는 태풍 2호가
이 순간만은 고맙다.

"아, 치워도 치워도 끝이 없네."

인간이여,
항상 고민이 많구나

이렇게 태풍 3호는 복구에 열심히 임했지만 태풍 1, 2호가 휩쓸고 간 자리를 수습하고 나면 그도 힘을 잃고 만다. 빈 맥주 캔과 대충 벗어놓은 양말을 여기저기 널어놓고 잠자리에 든다. 태풍 2호는 태풍 3호의 찜찜한 뒷정리가 내심 불만이지만 자기는 카오스인 주제에 무슨 말을 하겠는가.

이런 모습을 지켜보고 있자면 혈혈단신 치울 물건 없이 태어난 고양이의 생이 얼마나 홀가분한지 모르겠다.

냉장고는 음식의 무덤,
화분은 식물의 지옥인가

인간이 쓰는 물건들의 용도

가끔 인간들이 쓰는 물건의 용도가 궁금할 때가 있다. 책이나 TV에서 보여주는 것이 표준일까. 그렇다면 우리 집에 사는 인간들이 물건을 쓰는 방식은 표준에서 한참 벗어나 있는 경우가 많다. 대체 어떤 게 맞는 걸까.

우선 소파를 생각해보자. 나는 소파와 침대의 용도를 도저히 구분할 수가 없다. 반려인들이 몇 해 전 소파를 바꿨는데 두 가지 기준이 있었다. 첫째는 고양이 발톱에 걸리지 않는 매끄러운 재질일 것. 왜냐하면 소파를 바꾼 가장 큰 이유가 내가 그들의 첫 번째 소파를 망가뜨려놨기 때문이다. 나는 반려인들에게 소파를 사용하는 새로운 방법을 알려주었다.

"보라, 새롭게 탄생하는 소파의 거친 표면을!"

올록볼록한 재질의 그 소파는 내 발톱에 걸려 딱 뜯기 좋았다. 거대한 나의 스크래처는 보풀이 잔뜩 일어난 스웨터처럼 너덜너덜해진 채 우리 곁을 떠났다. 소파를 버리던 날, 반려인 1에게 엉덩이를 팡팡 두드려 맞은 건 덤이다.

그렇게 정든 소파를 보내고 반려인들이 새 소파를 마련하며 내건 또 하나의 조건은 '불편할 것'이었다. 소파에 늘어져한없이 누워 지내는 일을 사전에 막겠다는 거였다. 그들이 고심 끝에 고른 새 소파는 팔걸이가 딱딱한 나무로 되어 있고 엉덩이를 대고 앉는 곳의 폭이 좁았다. 90도로 허리를 쭉 펴고양 무릎은 얌전하게 모아 앉아야만 할 것 같았다.

나는 반려인들이 가구점 홍보물의 모델처럼 반듯하게 앉아지낼 줄 알았다. 하지만 소파를 산 지 며칠 지나지 않아 그들은 거기에 끝끝내 몸을 욱여넣고 누웠다.

"이 쇼파, 의외로 편한데?"

소파는 무엇이고 침대는 무엇일까. 함께 사는 아기는 시종

일관 두 물건 위에서 뛰어댄다. 그러니 더 헷갈릴 수밖에. 이 물건들의 용도는 무엇일까. 눕는 걸까, 앉는 걸까, 뛰는 걸까.

그렇다면 서랍장은 어떻게 쓰는 물건일까. 나란히 놓인 두 개의 서랍장을 보며 생각한다. 왼쪽, 한 사람이 쓰는 서랍장은 칸칸이 물건들의 방이 정해져 있다. 1층 바지, 2층 티셔츠, 3층 운동복, 4층 양말, 5층 속옷. 양말은 크기별로 접는 법을 달리해 들어앉아 있고, 모든 것이 사각형으로 접혀 놓여 있다.

오른쪽, 또 다른 사람이 쓰는 서랍장은 1층부터 5층까지 모든 물건이 서로 멱살을 잡고 뒤엉켜 있다. 우주의 혼돈을 확인하려면 그 서랍을 열어보면 된다. 그런데 이상하게도 오른쪽을 쓰는 사람이 정리를 더 자주 한다. 하지만 이내 찾아오는 혼돈. 서랍장은 무엇일까. 오른쪽 서랍장은 바로 옆에 놓인 쓰레기통이랑 무엇이 다른 걸까.

용도가 궁금한 것은 여럿이다. 화분은 무엇일까. 화분은 식물들의 지옥일까. 손만 닿았다 하면 식물을 시들게 하는 마이너스의 손이 우리 집에 산다. 냉장고는 무엇일까. 음식들의 무덤인가. 한번 들어가면 썩어야 나올 수 있다. 가방은? 책은? 스마트폰은? 너무 많은 인간들의 물건이 나를 혼란스럽게 한다.

"으라차차, 봄이 왔네…"

봄이 생동하면 반려인 1은 기지개를 켜고 집 안을 뒤집어엎기 시작한다. 그러고는 이내 엉망진창 회귀본능을 지닌 자신의 서랍이며 책상 앞에서 한숨을 쉬곤 한다. 이 모든 것이 너무 많은 물건을 이고 지고 살아서인 것 같다. 늘 얘기하지만, 고양이처럼 가진 것이 아무것도 없다면 물건들과 싸우며 괴로울 일도 없을 텐데.

집값을 올리면 어디서
비를 피하라는 걸까

내 집 마련의 거창한 꿈

　나는 지금 깊은 잠에 빠졌다. 요즘 꽤 마음에 드는 낮잠 장소를 찾았다. 바로 아기 침대다. 창가에 놓여 햇살도 따뜻하게 들어오는 데다 낮에는 모두들 거실에 나가 있으니 전쟁 통 같은 인간들의 일상으로부터 분리되어 있을 수 있다. 두둑이 사료를 먹고 은근슬쩍 아기 침대에 들어앉아 있으면 "등 따시고 배부른 게 이런 거지"라는 말이 아늑한 한숨처럼 새어나온다.

　아시다시피 고양이들이 집 안에서 자리 잡고 누워 있는 장소는 늘 그 시각 그곳에서 가장 아늑한 장소다. 내가 소파며 의자에서 꾸벅꾸벅 졸고 있으면 반려인들이 다가와 "만세, 여기 있었구나. 만세 자고 있는 자리가 우리 집 명당이지" 하며 은근슬쩍 엉덩이를 들이민다. 그런 반려인들도 여기를 비집고 들어오지는 못하겠지. 그렇게 등짝을 마구 지지며 숙면의 세계로 슬금슬금 넘어가려는데….

침대 위로 갑자기 쌀떡처럼 하얗고 토실토실한 얼굴의 인간이 눈앞에 두둥실 나타나더니 말한다.

"다음 계약 때는 집세를 올려주셔야 하겠는데요."
"아니, 그게 무슨 소립니까? 여기는 당신이 자주 비워두니 앞으로 쭉 조건 없이 쓰라고 하지 않았습니까?"

그러자 인간이 짧고 통통한 손을 흔들며 말한다.

"세상이 그렇지가 않더라고요. 신문 안 봐요? 이 동네 부동산이 얼마나 술렁이고 있는지? 그때는 그때고, 좋은 조건에 들어왔으니 다음번에는 전세를 좀 올려야…."

들은 척 않고 엉덩이에 힘을 팍 주고 버티고 앉아 있으니 인간이 두 손으로 내 엉덩이를 꽉 쥐고 흔들기 시작한다.

"나와, 나오라고. 그렇게 버티고 앉아 있으면 다야?!!"

아니, 세상 집주인들은 다 이런가. 버는 돈도 없는데 무작정 집값을 올리면 혈혈단신 고양이 몸으로 어딜 가서 비를 피하란 말인가. 물에 젖는 건 상상만 해도 싫은데. 그렇게 집 없는 설움에 나오는 콧물을 훔치다 눈을 떠보니….

'아, 꿈이었구나.'

내 엉덩이를 쥐고 흔들던 인간은 다름 아닌 지우였다. 자기 침대에 좀 누웠다고 이렇게 횡포를 부리기냐.

왜 이런 꿈을 꾼 거지? 남의 침대에 쨍박혀 있다 보니 나도 지우처럼 혹은 제리 형님처럼 싫으나 좋으나 내 집이 있으면 좋겠다고 생각해서 그랬나. 말이 나왔으니 말이지, 이 집에서 자기 공간이 없는 동물은 나밖에 없다. 고양이야말로 영역의 동물인데 말이다. 제리 형님은 반려견 키우는 집이라면 하나씩 다 있다는 강아지용 국민 방석이 집이다. 푹신하고 아늑해 개들이 꿀잠을 잔다고 '떡실신 방석'이라 불리는 그곳에 형님 몰래 슬그머니 누워봤다. 아, 형님은 좋겠다. 몸을 둥글게 말아 푹신한 방석에 몸을 기대니 어젯밤 다녀가신 손님이 다시 오시네. 잠이 솔솔 몰려온다.

나보다 짬밥이 적은 지우는 또 어떤가. 땅따먹기 하듯 이 집에서 제 영역을 넓혀가고 있다. 영역 전쟁에서 그의 승률은 대단해서, 지금 이 집은 거의 그의 집이나 다름없다. 거실을 뒤덮은 거대한 층간소음 방지용 매트, 가시는 걸음걸음 즈려밟기 딱 좋게 바닥에 흩뿌려진 장난감들, 냉장고를 가득 채운 아기 음식….

그런데 나는 이게 뭐냐. 가진 건 밥그릇, 물그릇뿐인 묘생. 그것도 반려인들의 첫 번째 고양이인 톰이 쓰던 물건이다. 유일한 내 물건으로 캣 타워가 하나 있긴 하데 스크루지 뺨치는 반려인 2가 어디서 남은 나무들을 모아 셀프로 만든 것이라 허접하기 짝이 없다. 이것이야말로 요즘 인간 세상에서 말하는 '부실시공'이 아닌가 싶다.

그렇게 '내 집 마련' 투쟁이 시작되었다. 나도 '이게 바로 만세 집이다' 하는 걸 갖고 싶다. 그래서 요즘 나는 반려인들 보라고 그들이 바닥에 내팽개친 가방 속에도 들어가고, 풀어 헤

만세 주거 계획 상상도

인간이여,
항상 고민이 많구나

쳐놓은 택배 상자에도 들어가고, 비닐봉지에도 몸을 구겨 넣고…. 그러나 반려인은 이런 내 맘도 모르고 별의별 곳에 다 들어간다며 사진이나 찍고 앉아 있고.

그나저나 고양이가 웬 꿈이냐고? 고양이도 꿈을 꾼다. 하루 16시간 잠을 자는 고양이는 그 가운데 3시간을 꿈을 꾸는 데 쓴다고 한다. 하루 2시간 정도 꿈을 꾸는 인간보다 더 오래 꾼다. 반려인들이 외출했을 때 책장에서 슬쩍 꺼내 본 《고양이 문화사》라는 책에는 이런 말이 쓰여 있었다. "3시간 동안의 꿈으로 (고양이가) 모든 창조물 위에 군림한다." 참고로 물고기와 파충류는 꿈을 꾸지 않고, 새들은 하루에 1분 남짓 꿈을 꾼단다. 그러니까 이것은 인간보다 위대한 고양이가 내 집 마련의 꿈을 꾸다 정말 꿈을 꾼 그런 이야기.

길고 긴 연휴를 보내고 남은 건 뭐다?

만세의 지긋지긋 명절증후군

나는 지금 햇살이 파도에 부서지는 곳, 해풍같이 거칠지만 소박하고 다정한 사람들이 모여 사는 아름다운 도시에서 이 글을 쓰고 있다. 책상 앞에 펼쳐진 창밖으로 반짝이는 바다 때문에 눈이 부시다…라고 쓰고 싶다. 그렇다. 사실은 낯선 도시에서 여명이 밝아오기 전 어두컴컴한 주방 식탁에 앉아 졸린 눈을 비비며 키보드를 두드리고 있다. 내가 멀리 이곳 부산까지 온 사연은 이렇다.

어느 새벽 반려인들이 한참을 잠들지 않고 꼼지락거리고 있었다. 소파 앞에 배를 깔고 앉아 그들이 하는 모양새를 구경하고 있는데, 아뿔싸, 좀 더 깊고 어두운 구석에 숨어 있을 걸

인간이여,
항상 고민이 많구나

그랬다. 구경한 것도 죄인 양 내 목덜미를 덜컥 붙들더니 커다란 가방에 쑤셔 넣는 것이 아닌가.

"자, 너도 들어가야지."

설마 했는데 벌써 올 것이 왔다. 생각만 하면 아찔하고 속이 울렁거린다. 괜히 머리가 아픈 것도 같고 앞으로의 여정이 두렵기만 하다. 인간들은 그런 것을 '명절증후군'이라고 부른다지. 지루한 자동차 여행을 생각하니 눈앞이 캄캄해져왔다.

반려인들은 야반도주하는 일당처럼 세상이 모두 잠든 뒤에 움직였다. 차가 밀리지 않을 때 출발하자며 늘 밤길 귀성을 택하는 이들을 따라 제리 형님과 나도 야심한 시각 비몽사몽 중에 차에 몸을 실어야 했다.

바퀴 달린 몸체에 큰 바구니가 달린 괴상하게 생긴 가방 속에 우리 두 마리를 욱여넣는데, 이건 뭐 인간들이 타는 비행기로 치면 이코노미석이 따로 없다. 제리 형님이 옆에서 조금만 움직여도 내 몸과 부대끼곤 한다.

"형님, 자리도 좁은데 좀 가만히 앉아 있으면 안 됩니까?"

나는
냥이로소이다

이런 내 말을 형님이 들어줄 리 없다. 부산스럽기로는 우리 집에서 최고인 형님은 차를 타면 올림픽에 출전한 사람처럼 사력을 다해 몸을 움직인다. 아마 나보다 조금 힘들긴 할 게다. 평형감각 차이 때문인지 멀미 없는 고양이와 다르게 개들은 멀미로 괴로워하는 경우가 많다.

형님은 귀 밑에 스티커라도 붙여주고 싶을 정도로 이동하는 내내 헥헥, 헉헉. 그냥 차분히 있으면 좀 나으련만 끊임없이 문을 열어달라고 저항한다. 포기를 모르는 형님, 집요한 형님, 늘 최선을 다하는 형님.

형님이 늘 이렇게 투쟁할 만도 한 게, 우리가 탄 이코노미석은 인간들의 그것보다 한참 못하면 못했지 나은 것이 하나도 없기 때문이다. 인간들은 긴 여행을 할 때면 지루할 새 없이 밥도 주고 술도 주고 영화도 보여준다며? 모를 줄 알았겠지만 우리도 다 안다고.

그런데 이 야박한 반려인들은 우리 둘이 담긴 커다란 가방에 사료 한 알 넣어줄 줄 모른다. 자기들은 휴게소에서 과자며 커피를 사들고 들어오면서. 그리고 이 자리가 뭐 창문을 열면 뭉게뭉게 구름이 떠 있는 절경이라도 있는 줄 아나. 망사로 된 조그만 창마저도 형님이 버둥거리며 막고 서 있어 내 눈앞에 펼쳐진 것은 형님의 엉덩이밖에 없다. 아, 이 형 정말.

"자, 도착했다~."

도착하면 또 평소랑 다를 게 있는가. 부산에 오면 뭐하겠노. 우리는 바다 귀퉁이를 구경하기는커녕 늘 집 안에만 있는걸. 싱싱한 고기 한 토막 구워줄 줄 모르는 무심한 인간들. 그렇게 길고 긴 연휴를 보내고 남은 건 뭐다? 고행을 반복해 집에 돌아가는 일뿐.

세상 모든 곳에 내 냄새를 묻힐거야

즐거웠다!

인간이여,
항상 고민이 많구나

5장

고양이의 꿈은
지구 정복

고양이 털과 동고동락,
백년해로하겠습니까

거대한 야망을 뿜는 털갈이 시즌

털갈이의 계절은 무심하게, 자주 찾아온다. 고양이를 기르는 사람에게 수족 같은 생활 도구가 있다. 한 손엔 청소용 테이프 롤러, 다른 손엔 물티슈. 세상 불가사의한 일이 있다면 아무리 치워도 고양이 털이 한 움큼 빠져 방바닥을 뒹굴고 있다는 것이다. 반려인 1이 양손에 청소 도구를 쥐고 수선을 떨어도, 반려인 2가 사냥에 실패한 고양이처럼 피곤한 몸을 이끌고 한밤중 집으로 돌아와 촘촘한 빗으로 내 등을 긁어내려도 고양이 털은 어느 구석에서든 끝끝내 비집고 나온다.

"집요하네, 정말."

나는
냥이로소이다

그들은 외출 전 부지런히 테이프 롤러를 굴리며 검은색 외투 위에서 반짝이는 고양이 털을 말끔하게 제거했다고 생각하겠지. 하지만 집 안에서는 멀끔해 보여도 햇볕 아래로 나가면 미처 떨어지지 않은 털들이 여기저기 붙어 있는 걸 볼 수 있다. 그러니 고양이와 함께 살아간다는 것은 털과의 전쟁, 털과 동고동락, 털과 백년해로해야 한다는 얘기란 말씀.

사실 지금 하려는 이야기는 붙어서 떨어질 줄 모르는 울릉도 호박엿에 버금가는 무적 털부대의 위력을 자랑하려는 게 아니다. 학자들의 수십 년 연구를 뒤집는 충격적인 이야기를 해야겠다.

흔히 고양이는 영역 동물이라 집 안에서만 생활하는 데 별다른 스트레스가 없는 것으로 알려져 있다. 우리는 강아지처럼 반려인 발꿈치를 졸졸 따라다니는 것을 싫어하고, 낯선 곳의 바람을 느끼는 것을 경계하는 동물이라 알고들 계실 것이다. 하지만 그렇게 생각한다면 천만의 말씀, 만만의 콩떡, 경기도 오산이다. 우리는 사실, 여행을 사랑하는 동물이다!

우리의 털이 반려인의 옷에서 끝끝내 떨어지지 않는 이유는 우리의 방랑벽 때문이다. 우리로 말할 것 같으면 하늘을 지붕 삼아 구름을 벗 삼아 정처 없이 떠도는 김삿갓 같은 존재들이다. 1980년대 수많은 어린이들이 열광했던 만화영화 〈머털도사〉는 아마도 고양이를 잘 아는 사람이 지은 이야기가 아닐까. 머리털을 뽑아 훅 불면 새가 되고 나비가 되고 머털이의 분신이 되어 먼 곳을 떠도는 것처럼, 고양이들도 반려인 옷에 털로 붙어 세상 구경을 한다. 아마도 반려인들은 얼마 전 여행에서 자기 옷에 붙은 내 털을 뽑으며 이렇게 말했겠지.

"만세가 여기까지 따라왔네."

어떻게 알았지? 이렇게 우리는 지구 끝까지도 여행한다. 당신의 옷깃에 살포시 숨은 우리의 털은 공항 검색대도 거르지 못한다. 당신이 긴 여행을 마치고 집으로 돌아왔을 때, 집을 지키고 있던 고양이가 당신보다 더 피곤해 보인다면 고양이의 분신이 당신의 여정을 부지런히 쫓아다녔기 때문이다.

계절이 바뀔 때마다 털갈이 시즌이라는 핑계로 더 많은 털을 뽑어대는 이유도 사실은 이 때문이다. 새로운 계절, 콩닥대는 마음으로 우리는 당신의 뒤를 더 많이 쫓고 싶다. 그러니 어서 봄이 왔으면. 민들레 씨앗처럼 반려인의 어깨에 붙어 폴폴, 세상을 구경해야지.

F/W 만세룩

< 섬유조성표 >
만세 털 80 %
제리 털 20 %

알파고를 비웃는
내가 바로 냥파고다

인공지능보다 우월한 고양이의 능력

반려인들은 외출할 때 라디오를 꼭 켜놓고 나간다. 적막한 빈집에서 우리가 심심할까봐. 흑돌같이 새까만 제리 형님이랑 백돌같이 하얀 나는 그렇게 세상 돌아가는 이야기를 듣는다.

어느 날, 인간들 세계에서 '세기의 대국'이라고 불린 사건이 벌어졌다. 인공지능 알파고와 이세돌의 격돌. 알파고의 승리로 끝난 결말에 인간들은 기계에 대한 선망과 두려움이 동시에 생긴 것 같다.

인간보다 더 인간적인 인공지능이 등장해 인류를 점령하면 어떡하지? 어떤 인공지능 로봇은 '로봇이 지배할 세상이 올 것인가?'라는 질문에 인간 동물원을 만들어 안전하게 생활할 수 있게 해주겠다고 대답했다지. 인공지능, 그거 자기들이 만들어놓고… 이렇게 걱정을 사서 하는 종이 인간이다.

인공지능은 고양이와도 썩 연관이 있다. 고양이를 몹시 사랑하는 외국의 어떤 작가는 자신의 책에 이런 말을 쓴 적이 있다. "고양이를 기르는 모든 반려인은 자기 고양이가 인공지능이라 여긴다." 때때로 사람보다 고차원적 생각을 하는 고양이를 보고 하는 말인 듯하다. 아니면 자신의 고양이에게 '사려 깊음'이나 '포근함' 기능 따위가 입력된 것 같다고 느끼거나.

인공지능에 버금가는 우리의 능력이 무엇이 있는지 말해볼까 한다. 별거 아니라고 웃으면 안 된다. 흠흠.

첫째, 우리는 집 안에서 가장 아늑한 공간을 찾는 데 뛰어난 능력이 있다. 나는 지금 마감하는 반려인의 노트북 뒤에 등을 대고 누워 있다. 어둠이 두려운 시간, 집 안에서 가장 아늑한 곳은 어디일까. 조용히 키보드를 두드리며 일하는 반려인 1의 곁이라고 할 수 있다. 때때로 뿜어져 나오는 한숨, 호로록 커피 마시는 소리, 자판 치는 소리가 하나로 합쳐져서 묘한 음색을 만들어낸다.

마감 전야의 잔인하고 아름다운 음악이랄까…라고 쓰면 뻥이고, 그녀가 고생하고 있으면 왠지 안심이 된다. 일하고 있다는 것, 우리 사료 살 여력을 마련한다는 것. 세상 가장 마음 편한 순간 아니겠는가. 이렇게 실시간으로 아늑한 공간을 찾는 기능을 가진 로봇은 세상에 없는 걸로 안다.

또 뭐가 있을까. 파리를 맨손으로 잡을 수 있는 능력. 이런 것도 인간보다 우리가 뛰어나다고 할 수 있겠다. 눈곱만 한 날파리 한 마리가 눈앞에서 집요하게 앵앵거린다면 당신은 어떻게 하는가. 인간들은 손바닥을 휘휘 저어 대충 쫓아내는데, 허공을 허우적대는 우스꽝스러운 모습이란. 그렇게 애를 쓰고도 조금 있을라치면 성가시게 구는 게 날파리란 존재다.

그런 날파리가 잠자는 고양이의 수염을 건드리면? 우리는 나비처럼 날아서 벌처럼 쏜다(고양이 이름 중에 '나비'가 그토록 많은 까닭이기도 하다). 사냥을 한 번에 끝내기 위해 얼마나 치밀하게 각도를 계산해서 앞발을 쭉 뻗는지, 인간인 당신들은 아는가. 그리고 이 모든 것이 순식간에 일어난다는 사실이 더 놀랍다. 아마 알파고가 계산하는 속도보다 빠를 것이다.

또 뭐가 있을까. 집 안에 털 뭉치가 뒹굴기 시작하는가. 어쩐지 목덜미를 스치는 바람이 평소와 다르다고 느껴지지 않는가. 고양이는 계절의 변화를 예측해 털갈이 시기마다 털을 뿜어 신호를 내보낸다. 이 분야에서는 기후를 예측하는 슈퍼컴퓨터보다 앞선다고 자신한다.

"털갈이 시즌이 왔군(계절이 바뀌네)."

하지만 이 모든 대단한 능력에도 우리가 지구를 정복하지 않는 이유는, 인간처럼 지구의 1인자가 되어 살면 얼마나 불편하고 귀찮은 일이 많이 발생하는지 잘 알기 때문이다.

어쨌거나 이런 우리의 존재를 못 알아본 알파고여, 다음에는 우리랑 붙어보자. '냥파고'들이 나가신다.

어차피 집에만 있어서
못생겨 보여도 괜찮다니

몰래 숨겨왔던 여드름의 탄로

세상에 가장 싫은 것이 무엇이냐 묻는다면, 나는 이렇게 말하겠다.

"첫째, 목욕. 둘째, 병원에 가는 것."

목욕은 아주 어릴 적부터 싫었다. 털 안으로 축축하게 젖어오는 그 느낌이 불쾌하고, 쏴 하고 쏟아지는 물소리가 무섭다. 아주 어릴 적부터 목욕을 해서 목욕하는 것을 좋아하는 고양이도 있다는데, 그건 어릴 때 목욕에 익숙해졌기 때문이 아닌 듯하다. 대부분의 고양이는 목욕을 싫어한다. 얌전하게 목욕을 잘 하는 고양이를 만났다면 그 반려인에게 목욕의 여신이 은혜를 베풀어준 것이다.

인생에 나를 반려묘로 들이는 걸로 많은 행운을 소비한 나의 반려인들이 이런 성은을 입었을 리 만무하다. 그들은 나를 목욕시킬 때마다 전쟁을 치러야 한다. 욕실을 쩌렁쩌렁 울리는 내 울음소리에 어디서 동물을 학대한다는 오해를 받지는 않을까 조마조마해하며 나를 씻겨야 한다.

이제는 나도 목욕 8년차, 버둥거리는 나를 꼭 잡느라 땀을 연신 흘리는 반려인들을 좀 도와주고 싶기도 한데. 사실 나는 무척 이성적인 고양이다. 하지만 몸에 물이 닿는 순간이면 바로 나 자신을 잃어버리고 마니….

병원에 가는 걸 싫어하기 시작한 건 두 살 무렵이었다. 책의 앞부분에 반려인들을 소개하며 잠깐 얘기한 적이 있는데, 그날은 몸이 아픈 것도 아닌데 이상하게 식욕이 없었다. 밥을 먹지 않고 만 이틀을 채우니 반려인들은 크게 걱정했다. 고양이는 예민한 동물이라 굶는 시간이 길어지면 장기에 손상이 온다는 둥 무서운 얘기까지 어디서 잔뜩 듣고 와서는 수선을 피웠다. 평소와 다름없이 나는 하루의 대부분을 자면서 보내고 있었는데 반려인들은 갑자기 잠을 많이 자는 것 같다, 처진 것 같다, 숨 쉬는지 확인해보라는 등 호들갑이었다.

단식의 나날은 하루하루 연장됐고 동네 병원에서는 문제를 찾지 못하겠다며 엑스레이를 찍네, 초음파를 해보네 하며 나를 더욱 괴롭혔다. 사진을 찍는다며 팔다리를 억지로 누르고, 나를 보자기 펼치듯 양쪽에서 붙들고 길게 늘였다. 그때부터였다. 병원에서 하악질을 하기 시작한 것은.

그 난리를 뒤로하고 만 엿새째부터 나는 아무렇지 않게 밥을 먹기 시작했다. 반려인 1은 그때 물에 갠 사료를 주사기에 넣어 먹이는 등 지극정성으로 나를 살렸다고 생각하고 있는 듯했다. 그런 모습에 나도 좀 감동해서 말을 하진 않았지만, 이제 와서 사실을 얘기하자면 그녀는 나를 보고 만날 뚱뚱하다고 했고, 그래서 나도 좀 굶어본 거였다.

그 소동 이후 나는 대체로 건강했다. 비결을 묻는다면 병원에 가기 싫기 때문이라 할 수 있다. 그렇게 성실하고 꿋꿋하게 살고 있는데, 얼마 전 예상치 못한 곳에 문제가 발생했다. 반려인 2가 오랜만에 내 턱을 문지르며 쓰다듬고 있었다.

"어, 이건 뭐지. 손끝에 느껴지는 이 불쾌한 감촉은."

그렇게 들켰다, 숨겨왔던 왕 여드름을. 직경 0.5센티미터로 사람에 비교하면 얼굴에 주먹만 한 여드름이 난 셈이다. 반려인 2는 면포에 따뜻한 물을 적셔서 털에 엉겨 붙은 피지를 닦아줬다. 뭉쳐 있던 지저분한 것들이 닦여나가면서 털도 한 움큼 빠졌다. 볼품없이 뻥 뚫린 내 턱을 보고 여기저기 털을 헤집던 그가 혀를 차며 말했다.

"엉망진창이네."

그때부터 나는 조급해졌다.

'이대로 있다간 병원에 끌려갈지도 모른다!'

나는 부지런히 그루밍을 하며 턱에 난 여드름 흔적을 없애기 위해 애썼다. 하지만 빨갛게 변한 피부는 내 마음과 달리 나아질 기미가 보이지 않았고 결국 반려인들과 함께 병원을 찾았다. 선생님이 손전등을 비추며 내 얼굴을 살폈다. 내 몸을 붙들고 얼굴에 불빛을 마구잡이로 쏘아대니 나는 거의 패닉이었다. 이 사람 저 사람한테 하악질을 하느라 정신이 하나도 없었다.

왜 내게 이런 시련이 닥쳤을까. 귀를 쫑긋 세우고 선생님의 진단을 기다렸다. 내심 기대하기도 했다. 인간들이 늘 병원에 가서 듣는다는 "스트레스 때문입니다"라는 진단이 내려지진 않을까. 나는 내 스트레스의 원인이 무엇인지 동짓날 기나긴 밤 다 가도록 굽이굽이 펼쳐낼 준비가 되어 있었다. 함께 사는 아기의 지나친 애정 표현, 제리 형님의 무심함, 다이어트를 이유로 제한되는 간식, 그럼에도 절대로 빠지지 않는 뱃살, 의자 천 뜯지 마라, 욕실 바닥에 고인 물 먹지 말라는 반려인들의 잔소리….

하지만 선생님은 내 마음을 아는지 모르는지 집에서 사료 먹는 고양이에게 종종 발생하는 피부병이라고 설명했다. 사료의 기름기가 그릇에 남아 턱에 묻으면서 모공에 기름이 끼고 공기를 만나 산화하면서 검은 여드름이 생기는데, 다른 곳을 열심히 그루밍하더라도 턱까지 신경 쓰지 못하는 고양이의 경우 이러기도 한다고. 소독약과 연고를 처방해준 선생님은 깨끗하게 관리하기 위해 턱에 난 털을 좀 깎는 게 어떻겠느냐고 하면서 잠시 머뭇거리다 이렇게 물어왔다.

"그러면 고양이가 좀 못생겨 보일 텐데, 괜찮으세요?"

나는
낭이로소이다

그러자 반려인 1이 망설임 없이 대답했다.

"네. 집에만 있는데요, 뭐."

이러니 내가 스트레스를 받아, 안 받아? 턱에 난 여드름이
더 욱신거렸다. 그날은 그렇게 제리 형님이 놀려먹기 딱 좋은
얼굴로 집에 돌아갔다는 이야기.

중력을 거스르지
못하는 엉덩이여

비만 고양이의 혹독한 다이어트

체중계에 올라선 반려인 1이 소리를 질렀다. "으악!"

빨간색으로 표시된 숫자가 근심스럽게 깜박였다. 내 그럴 줄 알았지. 쯧쯧, 허구한 날 우리에게 한입의 아량도 베풀지 않고 치맥을 뜯어라 마셔라 하더니. 그렇게 혀를 차고 있는데, 그녀가 소리친 이유는 다름 아닌 나 때문이었다.

"정체를 밝혀라. 돼지냐, 고양이냐."

그녀는 품에 안고 있던 내 엉덩이를 팡팡 두드리며 잔소리를 해댔다. 체중계 무게에서 반려인 1의 몸무게를 빼니 6.5킬로그램. 그렇다. 내 몸무게다. 2년 전 내가 5킬로그램을 경신했을 때 반려인은 다니는 동물병원의 의사로부터 다이어트를 권고받았다. 4킬로그램 정도가 내게 적정 체중이라고 했다. 인간들은 몸무게 앞자리 숫자의 변화에 울고 웃고 한다던데. 5.1, 5.2, 5.3… 5에 덜미를 잡힌 몸무게는 좀처럼 이전으로 돌아갈 생각이 없는 듯했다. 그리고 드디어 마의 6킬로그램대를 넘어섰다.

한때 나도 허리가 잘록하고 목과 다리가 늘씬하던 콜라병 몸매 시절이 있었다. 하지만 조금씩 찌기 시작하더니 처음에는 허리 라인이 사라졌다. 그다음 몸이 약간 올록볼록해 보이는 상태, 과체중이다. 나중에는 허리 위와 아래로 살이 붙기 시작한다. 위에서 봐도 둥글고 옆에서 봐도 둥글고 뒤에서 봐도 둥글고…. 이때를 심각한 비만 상태라고 한다는데 내가 그 지경에 이른 것이다.

"혁, 왜 이렇게 커요?"

우리 집에 온 손님들이 나를 보고 하는 말이다. 나를 사진으로만 보던 이들은 나의 뒤태에 특히 더 놀란다. 얼굴이 작아 사진으로만 봤을 때는 그다지 뚱뚱해 보이지 않았다는 것이다.

고양이의 꿈은
지구 정복

"흡사 퍼진 떡 같군요."

"솜사탕 같아요."

"커다란 털 뭉치 같아요."

사람들은 내가 동물이라고, 말을 못 알아들을 것이라 생각하고 내 외모에 대해 품평을 해댄다.

이런 말을 듣는 것, 그리고 살이 쪘다는 이유로 반려인에게 혼난다는 게 너무 억울하다. 같이 사는 제리 형님도 문제적 몸무게를 기록하는데 말이다. 3킬로그램이 적정 체중인 형님은 지금 4킬로그램을 넘나든다. 내가 본 치와와 중에 제일 덩치가 크다. 이 형은 축소색인 까만 털 코트를 입고 있는 데다 비율이 좋아 사진에서는 그렇게 쪄 보이지 않는다는 게 장점이자 단점이다. 형님은 반려인들만 보면 먹을 것을 달라고 보챈다. 지우가 밥을 먹을 때면 늘 식탁 언저리를 하이에나처럼 서성인다. 하늘에서 먹을 것이 떨어지기 때문이다.

동물도 비만이 되면 각종 병을 얻기가 쉽다. 중성화 수술을 한 개와 고양이들은 식욕과 수면욕이 커져 더 많이 먹고 더 많이 자는, 살찌기 딱 좋은 체질이 된다. 나와 형님은 모두 중성화된 상태. 게다가 고양이는 야생에 있을 때 먹은 음식을 지방으로 저장해뒀다가 사냥할 때 에너지원으로 써왔기 때문에 집에서만 생활하면 더욱 살이 찌기 쉽다.

그리하여 우리는 혹독한 다이어트에 들어가기로 했다. 반려인 1이 오랜만에 우리 장난감을 꺼냈다. 깃털이 달린 낚싯대를 꺼내 내 앞에서 흔들었다. 앞발에 닿을 듯 말 듯 깃털을 붙잡을 수 있을 것 같았다. 잊고 지냈던 사냥 본능이 자극됐다. 슬슬 발동이 걸리니 그녀는 더 높은 곳에서 낚싯대를 흔들어대기 시작했다. 이리 쿵, 저리 쿵 점프를 하며 그녀의 장난에 호응했다. 하지만 이내 중력을 거스르지 못하는 나의 푸짐한 엉덩이 때문에 뛸 때마다 땅으로 푹푹 꺼지는 것 같았다.

'이러다 무릎에 무리가 가겠어. 반려인이여, 낚싯대를 그만 흔들도록 하여라. 난 소중하니까.'

그러나 그녀는 포기하지 않고 조그만 공을 꺼냈다. 고양이도 강아지처럼 공이나 작은 물건을 던지면 물어오는 놀이를 좋아한다. 공을 내 눈앞에서 흔들어대더니 거실 저 끝으로 던졌다. 제리 형님과 나는 경쟁하듯 달려 나갔다. 지우도 꺄르르 웃으며 신나게 우리 뒤를 쫓았다. 가장 먼저 도착해 위풍당당 입에 공을 물었으나 지체 없이 지우가 낚아챘다. 우리의 체육 시간에 어느덧 지우만 바빠졌다. 이 집에서 유일하게 몸무게 늘 때마다 잘했다 소리 듣는 이가 살 빠지게 생겼다. 결국 반려인 1은 다시 우리 장난감을 서랍장 깊숙이 넣었다.

이렇게 우리의 다이어트는 실패할 것인가. 그녀는 최후이자 최선의 카드를 꺼냈다. 사람이든 동물이든 덜 먹어야 살이 빠지는 것이 진리. 단단히 작심한 반려인 1은 사료 양을 정해서 급여를 하기 시작했다. 이 인간이 언제부터 이렇게 엄격했다고. 대재난의 시절이다. 배가 고프다. 사료가 없으면 캔이라도 달라.

뽀뽀 대신 간식을 달라.

하늘은 높고 살은 찌고
마음도 살랑살랑

연애를 하는 유일한 동물

가을이 깊어가던 어느 날 저녁, 할머니가 지우의 엉덩이를 토닥거리며 말했다. 가을이어서 그랬을까, 그날 할머니의 말투는 철 지난 가요처럼 묘한 리듬이 있었다.

> "젊은 사람들은 가을이 좋지, 늙으면 가을이 싫어요. 어쩐지 쓸쓸해서."

베란다 창에 걸린 하늘색이 예사롭지 않다 생각했는데 어느덧 한 계절이 지났나 보다. 인간들은 몸살을 앓아가며 계절의 변화를 받아들이는 것 같다. 서늘한 바람에 정말로 몸살을 앓기도 하고, 마음 깊이 넣어둔 옛 연인의 이름을 충동적으로 떠올리며 가슴앓이를 하기도 한다. 그렇게 열꽃이 만개하고 농익은 추억이 파편처럼 흩어지고 나면 몸은 찬 공기에 적응하고 추억도 얼어붙는다.

모든 게 절정으로 익어 마침내 사그라지는 계절, 우리 고양이들도 뭔가를 버리고 또 얻으면서 새 시간을 준비한다.

뭔가가 무엇인고 하니 그건 바로, 털! 그렇다. 우리의 계절 맞이는 다름 아닌 털갈이와 함께 시작된다. 다니는 걸음걸음 털이 빠지는 걸 보니 이미 가을인가 보다. 봄, 여름을 무사히 나게 해주었던 긴 털이 빠지고, 가을과 겨울의 서늘한 기운이 뼈 사이로 스며들지 않도록 짧고 촘촘한 털이 올라온다.

새 털옷을 입고 캣 타워에 앉아 창밖을 본다. 여름엔 제발 좀 치대지 말라며 멀찍이 떨어져 걷던 중년의 부부들도 다정히 손을 잡고 동네 냇가를 걷는 계절. 인간들에게 가을이란 왼팔이든 오른팔이든 누군가의 옆구리에 딱 붙이고 걷고 싶은 그런 계절인가 보다.

나도 아직은 청춘인지, 하늘은 높고 고양이는 살찌는 이 계절이 오면 마음이 살랑살랑 흔들린다. 이맘때 사랑에 빠지는 이유는 아마도 이런 말 때문일 게다. 나쓰메 소세키가 쓴 《나는 고양이로소이다》에 나오는 고양이 형님은 이렇게 말했다.

"무릇 연애란 우주적인 활력이다." 쓸쓸하고 스산한 계절, 우리는 겨울잠에 빠지는 대신 사랑함으로써 생기 있게 움직이는 것이다.

고양이는 연애를 하는 유일한 동물이라고 한다. 이제 내 나이 만 여섯 살. 고양이 관련 서적에서는 3~6세를 '프라임 타임'이라고 표현한다. 프라임 타임을 꽉 채운 지금까지 한 번도 연애를 하지 않았다니! 마치 게임에서 스테이지 클리어 하듯 연애를 하고 결혼을 하고 출산을 하는 인간들처럼 살고 싶은 생각은 없다. 하지만 뭐랄까, 매일의 할 일과 목표가 '아무것도 하지 않는 것'인 나날이 좀 지겹다.

사실 밖으로 나갈 핑계를 만들고 싶기도 하다. 오늘도 종일 아무것도 하지 않느라 지친 몸을 좀 누이고 겨우 쉬고 있는데 이때를 놓칠세라 이 집에 사는 꼬마가 쫓아왔다.

"히잉, 나는 만세가 좋아. 너무 좋아.
내가 꼭 안아줄게. 도망가면 안 돼."

지우야, 제발 나를 빨래 취급하지 마라. 그만 비비고 주물럭거리라고. 한시도 나를 놓으려 하지 않는 이 맹목적인 사랑에서 벗어나고 싶다. 나도 감정을 나누고 사랑을 주고받고 싶다.

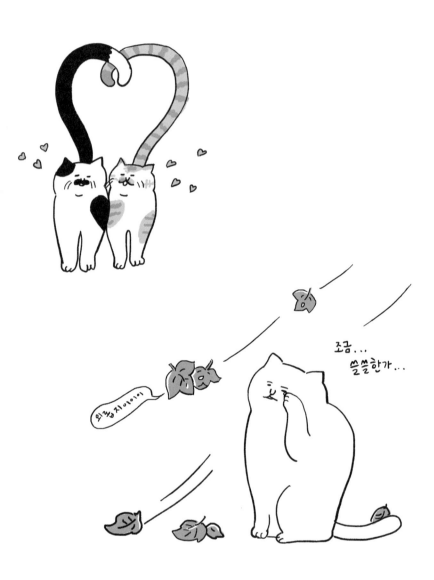

조금...
쓸쓸한가...

나는
냥이로소이다

나도 '우주적 활력'이란 것을 좀 얻고 싶다.

요즘 인간들은 소개팅 나가기 전에 상대방의 프로필을 훑고 모바일 메신저 '프사(프로필 사진)'를 먼저 확인한다더라.

하얀 털, 체격 좋은 편(반려인이 솔직하게 뚱뚱한 편이라고 쓰라는데, 원래 이런 건 적당히 포장하는 거 아닙니까?).

활발하고 애교가 많은 코숏과 활동적이고 성품이 태평한 터앙의 성격이 반씩 섞임. 터앙은 개와도 잘 지낼 정도로 적응력이 좋다고 알려져 있는데, 실제로 치와와인 제리 형님과 아주 잘 지내고 있음. 그렇다고 종을 뛰어넘은 연애를 하겠다는 것은 아님.

그냥 한갓지게 살랑이는 가을바람을 맞으며 세상 구경하고 가끔 밤 사냥을 함께 할 연인이자 동지이자 친구 구함.

반려인한테 바바리코트나 한 벌 사오라고 해야겠다. 출렁이는 뱃살 야무지게 쑤셔 넣고 칼라 깃 세워서 소개팅 좀 나가보게. 나의 가을이여, 설렘과 사랑으로 찬란하길.

아무리 용을 써도
나올 게 안 나오고

사막처럼 황량한 화장실의 비밀

좀 뚱뚱해서 그렇지 건강 하나만큼은 자부하고 지내왔는데, 무탈하던 묘생에 길다면 길고 짧다면 짧은 입원을 한 적이 있었다.

때는 어느 해 설날이 지난 늦겨울, 그날은 저녁부터 속이 좀 이상했다. 큰일을 보고 싶은데 나오지 않고 작은 것을 보려 해도 뭔가 불편했다. 화장실을 들락거리며 공연히 모래를 뒤적여봤지만 땅을 판다고 똥오줌이 나올 일이 아니었다.

그날 반려인 1은 늦는 날이었고, 반려인 2는 일찍 퇴근해 아기에게 잡혀 소파에 앉아 있었다. 반려인 2가 있어 다행이라고 생각했다. 아기가 태어난 이후로 그나마 저녁마다 내 등과 목을 쓸어주는 사람은 그였으므로. 나는 소파 앞으로 가서 평소와 조금 다른 목소리로 울었다. 뱃속 깊은 곳에서 웅크리고 있던 낮고 굵은 울음을 애절하게 흘렸으나 그는 알아듣지 못하는 눈치였다. 길고 답답한 밤을 보냈다.

아침이 되었다. 아무리 용을 써도 나와야만 할 것들이 나오지 않는다. 나는 전날 밤의 그 목소리로 울었다. 머리와 앞발은 화장실 밖에, 허리부터 엉덩이는 화장실 안에 있는 채로 괴로워하는 나를 반려인 2가 발견했다. 그는 다급하게 소리쳤다.

"만세가 이상해!"

그제야 반려인들은 화장실을 뒤지기 시작했다. 평소에는 맛동산과 감자로 그득한 화장실이 사막처럼 황량하기만 했다.

"설 지나고 계속 화장실 못 간 거야?"

그걸 이제야 알았냐, 이 인간들아.

그리하여 나는 반려인들의 출근길에 병원으로 실려 갔다. 병원에서 내린 진단은 스트레스로 인한 방광염. 명절에 반려인들의 귀성길을 따라 오가고, 낯선 집에서 며칠씩 지내다 온 것이 내 병의 원인으로 짐작됐다. 병명을 알았으니 쓴 약도 꾹 참고 열심히 치료받으면 될 일이라고 생각했는데…, 2차 스트레스 쓰나미가 찾아왔다. 아침에 나를 병원에 맡기고 간 반려인들이 저녁이 되어도 데리러 오질 않았다.

내가 진료가 싫어서 소리를 지르다 쓰러져 있는 사이, 수의사가 반려인들에게 입원을 권한 것이다. 병원 사람들이 이 고양이와는 도저히 하루도 못 있겠다는 생각이 들 정도로 더 악을 썼어야 했나, 온갖 못된 생각들이 머릿속을 스쳐 지나갔다.

그렇게 예상치 못한 병원 신세를 지게 됐다. 대소변을 잘 보는지, 다른 증상은 없는지 감시를 받으며 커다란 유리방에 갇혔다. 검사를 하며 너무 기분이 나빠 오줌을 지렸더니 병원 사람들이 드디어 소변을 봤다고 기뻐하며 반려인에게 전화를 걸었다. 집에서 며칠 먹는 둥 마는 둥 지낸 탓에 탈수가 와서 링거를 꽂고 수액도 맞았다.

그렇게 '환묘'가 되어 입원실이라 불리는 철장에 갇히게 되었는데, 여기는 또 웬 개가 이렇게 짖어대는지. 인기척만 나도 짖고 으르렁거리는 부산스러운 존재들과 한방을 쓰고 있자니 성질이 온 털끝으로 뻗쳤다. 사람들이 손만 대려 하면 소리를 질렀다. 다음 날 나를 데리러 온 반려인들에게 병원 사람들이 울상을 지으며 물었다.

"만세, 순하다고 하지 않았어요?"

　　나도 내가 왜 이리 광폭해지는지 모르지만, 병원에서만큼은 나를 순한 고양이라고 생각한다면 오산이다. 그렇게 100년처럼 길고 힘들었던 하룻밤이 지나고 돌아와 이렇게 일기를 쓴다. 이제 더 아프지 말아야지. 병원은 싫어, 싫어, 정말 싫다고.

고양이의 꿈은
지구 정복

6장

오늘도 나는 보내지 못한
편지를 쓴다

비가 내릴 듯한 밤,
오늘도 무사했는지

길고양이 가족에게 전하는 안부

친구여, 오늘 하루도 무사했는지…. 비가 내릴 것만 같은 밤이면 네가 꼭 생각난다.

우리가 처음 만난 게 언제였더라. 온화한 바람이 거세고 긴 계절을 조금씩 밀고 들어오기 시작할 때, 아마도 두 해 전 봄이었던 것 같다. 온통 회갈색이던 풀숲에 초록의 기운이 돌아나던 어느 날이었을 거야. 그때 내가 살던 집 창밖에서 들려왔던 여린 풀잎 같던 아기 고양이 소리, 그게 우리의 첫 만남이었다고 기억해.

우리 집 뒤에는 작은 공터가 있었는데, 잡풀이 무성하고 사람이 드나들 수 없는 공간이었어. 그런 안전한 곳을 네 엄마는

나는
냥이로소이다

영리하게도 찾아냈고, 그해 봄 그곳에서 몸을 풀었단다. 갈색 바탕에 검은색 줄무늬 털옷을 입은 네 엄마는 두 마리 고양이를 품고 있었어. 엄마를 똑 닮은 너와 검은색 털에 발과 얼굴 일부만 흰 털을 가진 네 형제. 인간들은 고양이의 이런 털 무늬를 보고 '고등어', '턱시도'라는 별명을 붙이더군.

나는 평소에도 공터가 내려다보이는 창가에 앉아 새소리, 풀 소리를 듣곤 했는데 어느 날 찾아온 너와 네 가족은 나뿐 아니라 우리 가족 모두에게 약간 흥분되는 뉴스였어.

반려인 1은 몸을 푼 네 엄마를 위해 내 사료 통에서 먹을 것을 한 줌씩 가져다가 너희가 드나드는 통로에 놓아두곤 했어. 나도 물론 기꺼이 양보했단다.

그렇게 봄이 지나고 너희도 엄마에게 사냥을 배워 여기저기 새 영역을 찾아 나서기 시작했나봐. 드문드문 보이지 않는 날이 많았고, 그렇게 나는 네 소식을 궁금해하다 잠깐 잊기도 하면서 지냈어.

그리고 이듬해 봄, 나는 같은 곳에서 다시 너를 만날 수 있었어. 네 엄마는 자기와 많이 닮은 네게 영역을 물려주고 다른 곳으로 떠난 모양이었고, 1년 새 훌쩍 큰 너는 고양이 네 마리의 엄마가 되어 있었지.

우리는 한 해 전 봄처럼 매일같이 오늘도 어제처럼 무사한

지 창밖을 내다보았어. 네 마리 중에서도 몸이 유독 날랜 애가 있는가 하면 옹골차게 먹는 애가 있던데 그런 녀석들은 하루가 다르게 몸이 커지더구나. 밤새 비가 세차게 내리던 날에는 아기들의 안녕이 염려됐는데 결국 다른 놈들보다 유독 작고 약해 보이던 한 마리는 사라져 보이지 않았어. 네 눈을 한참 들여다보며 위로를 전했는데 조금이나마 내 마음이 전해졌을지 모르겠다.

밤 산책을 하고 돌아온 제리 형님이 종종 네 소식을 전해주기도 했어.

> "먹이를 구하기 힘든지 동네 구석구석을 헤매고 다니더라."

골목을 샅샅이 훑어봐야 입에 물고 들어갈 것이 별로 없는 이 도시에서 빈손으로 종종거리는 네 뒷모습을 보았다고 얘기해줬단다.

집고양이의 평균수명은 길고양이보다 네댓 배나 길어. 나는 길에서의 삶이 어떤 것인지 도통 모르고 있는지도 몰라. 내가 생각하는 것 이상으로 고된 일상을 버티고 살아남아야 하는 나날일 거라고 겨우 짐작만 할 뿐이야.

주말에 청소를 할 때면 반려인들은 창문을 활짝 열어놓곤 했는데, 그때 나는 네가 사는 공터에 훌쩍 내려가볼 수도 있었지만 이상하게도 엉덩이를 움직일 수 없었어.

고양이가 인간들의 집에 깃들어 살게 되면 세상 가장 안온한 것만 추구하게 되지. 우리는 야생의 삶을 포기한 대신 그런 안온함에서 위안을 얻곤 해. 네가 활보하는 영역에 비하면 내가 가진 공간은 옹졸하기 그지없지만 푹신한 소파와 먹을 것이 넘쳐나는 이곳의 안정감을 나는 이제 포기하기가 힘들어졌나봐.

얼마 후 우리는 공터가 내려다보이던 그 집에서 아주 멀리 이사를 와버렸어. 지금 우리 집은 근처가 온통 큰길인 데다 그때처럼 집 밖 풍경이 나지막이 내려다보이지 않아서 이 동네 길고양이들의 소식을 도통 들을 수가 없단다. 그래서 지금까지 나의 처음이자 마지막 길고양이 친구인 네 소식이 가끔 아주 궁금해. 지난해 겨울은 잘 넘겼는지, 누군가 먹을 것을 조금씩 나눠 주긴 하는지, 새 봄에 또 몸을 풀지는 않았는지. 부디 오래오래 힘세고 건강하게 그곳에 있어주렴.

오늘도 나는 보내지
못한 편지를 쓴다

지붕 낮은 집들이 하루 아침에 허물어지고

아파트 건설로 집을 잃은 친구들에게

집 뒤 공터에 살던 그 고양이를 생각한 밤이면 다음 날 꼭 창문 아래를 내려다보게 된다. 집중해서 귀를 기울이면 바깥에서 나는 소리가 집 안에 고스란히 내려앉는다. 새소리, 물소리, 풀숲에서 우다다를 하는 아기 고양이 소리…면 좋으련만, 지난 몇 년 동안 깡깡 하고 쇠를 두드리는 공사 소음이 유난히도 컸다.

아파트촌인 이 동네에 유일하게 남아 있던 지붕 낮은 집들이 있었다. 집집마다 텃밭을 끼고 고추, 파, 옥수수, 배추 따위를 길렀다. 맞은편에는 작은 개울이 흐르고 그 뒤로는 오래된 동네 맛집들이 줄줄이 있었다. 반려인 2는 베란다에 서서 아

224

나는
냥이로소이다

래를 내려다보며 다음엔 이 집, 다음엔 저 집 하면서 동네 친구들이 추천해준 소박하고 오래된 식당들을 언제 방문할지 꼽아보곤 했다.

골목 끝에 새로운 길이 나오는 순간을 사랑하는 반려인 2는 산책을 할 때 만나는 낯선 풍경에 설레곤 했다. 그는 길 아래를 내려다보며 제리 형님에게 이렇게 말했다.

> "제리야, 우리 다음에는 저 길로 들
> 어가서 핫도그 하나 사 먹고 이~렇
> 게 한 바퀴 돌아서 오는 건 어때?"

제리 형님은 그렇게 산책을 다니고 돌아와서 내게 동네 풍경을 이야기해주곤 했다. 자주는 아니지만 이곳에서도 길고양이들의 뒷모습을 본다고 했다.

그런데 어느 날 아침 눈을 떠보니 모든 것이 폭삭 무너져 있었다. 그것이 인간들이 집을 짓는 방식이었다. 오래된 집들이 쓸려가는 모습을 보며 나는 심장이 쿵 내려앉았다. 늘 그곳을 터전 삼아 살던 고양이들이 궁금했는데, 이제 행방을 알 길이 사라졌기 때문이다.

인간들이 사는 도시에서 동네가 사라지고 무너지는 건 일

오늘도 나는 보내지
못한 편지를 쓴다

상인 것 같다. 반려인 1의 어깨너머로 들여다본 컴퓨터 모니터에는 사람들이 모두 떠난 황량한 아파트 출입문에 빨간 래커로 커다란 동그라미를 그려놓은 사진이 띄워져 있었다. 이곳에 더 이상 사람이 살지 않으니 건물을 무너뜨려도 된다는 뜻이라고 했다. 우리 집에서 내려다보이던 그 건물들에도 래커로 '철거 예정'이라는 글씨가 쓰여 있었다. 하지만 인간들은 모른다. 커다란 'OK' 표시 뒤에 나의 친구들이 갇혀 있다는 사실을.

재개발이 무엇인지도 모르는 동물들은 곧 무너질 예정인 건물에 몸을 기대고 산다. 곧 내려앉을 처마 아래서 낮잠을 잔다. 동물들에게는 '○월 ○일자로 네 집이 부서지니 다른 살 곳을 찾으시오'라는 계고장 따위도 날아들지 않는다.

우리 동네에서 건물을 부수기 시작한 때는 봄이 한창 무르익을 무렵이었다. 고양이들이 식구를 늘리는 계절이다. 새끼들을 길바닥 풀숲에 풀어놓아도 살아남을 수 있는 계절에 어미는 몸을 푼다. 어쩌면 담벼락이 와르르 쏟아지기 직전까지 어미는 담 밖에서 무슨 일이 일어나는지도 모른 채 새끼들 젖먹이고 있었는지도 모른다.

중장비가 지나다니는 공사 현장에서 이들은 살아남을 수 없다. 무너진 건물 아래서 미처 빠져나오지 못할 수도 있고,

거대하고 무거운 공사 장비에 사고를 당할 수도 있다. 행여 목숨을 부지했더라도 공사장 안에서 삶을 이어나가는 것은 불가능하다.

고양이는 영역 동물이므로 스스로 공사장 밖을 벗어날 리 없다. 공사장 가림막에 갇힌 고양이들은 음식과 물을 구하지 못하고 굶어 죽을 가능성이 크다.

누군가 고양이를 발견해 공사장 밖에 놓아준다고 해도 살아갈 방법이 막막하긴 마찬가지다. 아무 준비 없이 낯선 환경에 놓인 고양이는 극심한 스트레스를 받고 병에 걸릴 가능성이 크다. 다른 고양이들이 사는 영역에 멋모르고 들어갔다가 공격을 당하거나 생명이 위협받을 수도 있다.

인간들은 왜, 무슨 권한과 이유로 원래 그곳에 있던 동물과 식물, 심지어는 같은 사람까지 내쫓고 밀어내고 마을을 부수는 걸까. 인간들이 만든 재난에 갇혀버린 내 친구들이 오늘도 무사하길 빈다.

오늘도 나는 보내지
못한 편지를 쓴다

나는 어디로 갈까,
그곳에 가면 행복할까

애견숍 유리장 안에서의 삶

내 이름은 제리. 아주 오래전, 크리스마스를 하루 앞둔 날이었다. 인간들이 황홀한 겨울 축제를 벌이는 크리스마스이브에도 애견숍 유리장에 갇힌 우리는 여느 날과 다름없는 시간을 보내고 있었다. 조금 다른 점이라면 강아지나 고양이를 '선물'하려는 인간들이 평소보다 많아서 우리가 유리장 안팎을 들락거리는 횟수가 잦았다는 것 정도였다.

눈이 부신 조명을 피해 작은 천 조각에 코를 박고 자려는데, 등 뒤로 가게 주인의 커다란 손 그림자가 느껴졌다. 이내 그 손에 이끌려 나는 공중에 붕 떠올랐다. 주인이 나를 유리장 밖으로 꺼내 손님이 앉아 있는 테이블 위에 올려놓았다. 테이블

228

나는
냥이로소이다

에는 나와 같은 종의 다른 색 치와와 누나가 이미 올라와 있었다. 내 몸값은 누나보다 20만 원 정도 더 '비쌌다'. "여기 보세요. 이 친구 조금 더 비싸긴 한데, 그만큼 훨씬 예뻐요. 블랙탄인 데다가 두상도 동그라니 예쁘고, 눈도 크잖아요. 옆에 애보다 몸도 짤막하니 귀엽고….."

지갑을 손에 꼭 쥔 채 망설이는 손님들에게 주인이 한마디 더 보탰다. "아, 오래 같이 살 건데, 이왕이면 맘에 드는 애로 데려가야지 않겠어요? 술 몇 번 안 먹으면 되는데…. 사장님, 크리스마슨데 인심 좀 쓰세요. 내가 좀 깎아줄게."

내 옆에 선 치와와 누나는 나보다 앞서 이미 한 차례 외모 품평을 받은 터였다. 테이블 위에 오르는 횟수가 잦아질수록 누나는 점점 위축되는 것 같았다. 흰 바탕에 황토색 얼룩무늬를 가진 누나는 나보다 한 달쯤 먼저 가게에 왔는데 이른바 '팔려나갈' 시점을 넘겨가고 있는 터였다. 강아지 시절엔 1개월 차이도 성장 속도에 엄청난 차이를 보인다. 몸이 커질수록 팔릴 확률은 낮아진다.

누나는 치와와를 바라는 사람들이 기대하는 외모에서 조금 벗어나 있었다. 몸이 길고 눈은 좀 작은 편이었다. 게다가 얼룩무늬가 있었기 때문에 사람들은 "어머, 애는 바둑이네"라고 한마디씩 보태기만 할 뿐 데려가려 하지 않았다. 누나는 너무

오늘도 나는 보내지
못한 편지를 쓴다

눈이 부셔 잠도 제대로 잘 수 없는 애견숍에서 빨리 벗어나고
싶어 했지만 뜻대로 되지 않았다. "아, 예쁘다. 데려갈까? 어떡
하지?"

'나는 어디로 가게 될까. 나를 보고
있는 저 사람들을 따라가면 행복할
까. 그곳은 아늑할까….'

이곳은 밤이 깊도록 화려한 조명을 반짝이고 있지만 실상
은 가혹하고 냉정한 곳이었다. 이곳에 머무는 개와 고양이는
모두 심장이 뛰고, 체온이 있고, 숨을 쉬는 존재들이었지만 마
트의 물건과 다름없이 취급되었다. 우리 모두에게는 가격이
매겨져 있었다. 우리는 전시되었고, 품평의 대상이 되었고, 시
간이 지나면 오래 묵은 물건처럼 가격이 점차 떨어졌다.

'유리창을 두드리지 마세요. 강아지들이 힘들어해요'라고
유리창에 붙인 안내문은 우리를 위한 것이 아니었다. 그 말은
애견숍의 재산을 건드리지 마라, 개들이 스트레스를 받아서
병에 걸리거나 힘없이 너덜거리면 우리만 손해라는 뜻이었다.

팔려갔던 누군가가 애견숍으로 돌아오는 날도 있었다. 막상
데려갔는데 아이가 너무 산만하고 별나서 도저히 못 키우겠다

고 다른 아이로 바꿔달라고 요구하는 이들이 있었다. 데려간 지 몇 달이 지나서 생각했던 것보다 몸집이 너무 커진다고, 팔 때랑 말이 다르다며 따지러 오는 이도 있었다. 병에 걸려 아파서 오는 아이도 있었다.

내가 팔려갈 때 작성된 계약서에는 한 달 이내에 개가 병에 걸리면 애견숍에서 '환불'이 아닌 '교환' 처리를 해주겠다는 약속이 명시돼 있었다. 이미 아이와 정이 든 반려인은 병원비도 받지 못하고 돌아갔고, 어떤 반려인은 병든 아이를 두고 다른 아이를 골라 갔다. 기이한 세계, 하지만 생각해보면 우리는 '공장'에서 태어났으므로 이런 거래가 이상하다고 볼 일도 아니었다.

어쨌거나 그날, 2010년 크리스마스이브 밤이 깊어가던 그때 가게 문을 닫기 얼마 전에 나는 드디어 '팔렸다'. 결혼한 지 얼마 되지 않은 젊은 부부였다. 남편은 고양이를 원했지만 아내는 내게서 눈을 떼지 못했다. 그들은 결국 합의점을 찾지 못하고 개와 고양이를 한 마리씩, 돈을 치르고 입양했다.

그들이 지금의 반려인들이다. 그들은 우리를 기르면서 개와 고양이 공장의 현실과 애견숍의 비정함을 알게 됐다. 그들은 예쁜 강아지와 고양이를 고르러 다니던 그 시간을 후회했다. 덕분에 나와 톰을 만나게 되었지만, 그 시장에 조금이라도 손

오늘도 나는 보내지
못한 편지를 쓴다

을 보냈다는 사실에 괴로워했다.

그날 나와 회색 고양이 한 마리가 작은 종이 상자에 담겼다. 어른 손바닥만 했던 우리는 운동화 상자만 한 그 공간에 둘이 들어가고도 남았다. 처음으로 차를 타고 인간의 집에 발을 들였다. 집이란 곳은 유리 한 장으로 바깥의 냉기를 막았던 애견숍보다 훨씬 따뜻했다. 바닥에는 폭신한 카펫이 깔려 있고 온기가 돌았다. 반려인들은 우리를 사랑스런 눈길로 그날 밤 내내 바라봤다. 그들은 아기 고양이와 강아지용 우유를 작은 그릇에 내줬다. 회색 고양이는 집에 오는 내내 낯선 환경이 무서운 듯 울어대다 조금 안정이 되는 듯했다. 그리고 얼마 지나지 않아 잘 지내보자는 듯 장난도 걸었다.

반려인들은 우리 둘을 무어라 부를지 한참 상의했다. 이런저런 후보들을 거른 끝에 우리는 각각 톰과 제리라는 이름을 얻었다. 그날 밤 나는 두렵고도 편안한, 이상한 마음으로 잠이 들었다. 이토록 낯선 세상에 잘 적응하며 지낼 수 있을까 걱정이 되었는데, 따뜻한 방바닥에 배를 대고 있자니 달콤한 잠이 와르르 쏟아졌다. 애견숍에서 본 친구들처럼 병에 걸려 다시 돌아가는 일이 없었으면 좋겠다고 빌었다. 이들이 마음이 변해 까만 개보다 아무래도 하얗고 털이 보송한 아이가 좋겠다며 나를 다시 그곳에 데려다놓지 않길 바라며 잠들었다.

나는
냥이로소이다

제리 형님, 오늘도 좋은 꿈 꿔요.

곰돌이는 엄마를 보러
가고 싶은가봐

처음 동물원에 다녀온 아이

지우가 태어나 처음으로 동물원에 다녀왔다. 한낮에 나갔다가 한참 밤이 깊은 시간에 돌아온 아이는 어쩐지 좀 시무룩해 보였다. 더 놀고 싶었는데 못 놀고 온 건가, 아님 신나게 놀다 지친 건가. 집에 들어오자마자 거실 바닥에 털썩 주저앉아 양말을 한 쪽씩 벗는 지우에게 가서 얼굴을 비볐다. 양말을 다 벗은 지우는 내 등에 얼굴을 가만히 기대고는 말했다.

"만세야, 오늘 동물원에 가서 곰돌이를 봤는데 곰돌이는 엄마를 보러 가고 싶은가봐."

무슨 말이지? 반려인 1이 지우의 양말을 주워 세탁 바구니에 집어넣고 돌아와서는 동생과 통화하며 하는 얘기를 들어보니 상황이 대충 그려졌다.

이날 지우는 처음 동물원에 갔다. 평소 반려인들은 우리에 갇힌 동물들을 돈을 내고 보는 것이 영 내키지 않았다. 그래서 지우도 엄마, 아빠와 함께 동물원에 가본 적이 없었다. 그런데 지우가 말을 하고 제 의사를 표현하기 시작하면서 친구들이 동물원에 다녀온 얘기를 듣고 반려인들에게 이렇게 얘기했다.

> "엄마, 어제 은현이가 커다란 코끼리
> 를 만나고 왔대. 나도 보고 싶다."

반려인들은 동물원에 가는 것이 내키지 않는 한편으로 아이가 책에서 본 동물들을 실제로 보고 얼마나 경이로워할지 궁금하기도 했다. 그렇게 그들은 결국 동물원에 간 것이다.

나는 동물원에 가본 적은 없지만 TV 화면에서 본 동물원의 풍경을 기억한다. 공원처럼 아름답게 꾸며진 그곳에서 사람들은 풍선을 들고 솜사탕을 뜯으며 동화 같은 시간을 보내고 있었다. 솜사탕과 풍선 사이로 동물 친구들의 얼굴이 어른어른 보였다.

오늘도 나는 보내지
못한 편지를 쓴다

그곳에선 시간이 느리게 흐르는 듯, 세상 빠른 치타와 사자도 느릿느릿 움직였다. 커다란 곰은 우리 안에서 어쩔 줄 몰라 하며 종종 걸음으로 왔다 갔다 하고 있었다. 사막에 사는 작은 동물들은 유리장 안에서 잠시 깡충거리다 재미가 없는 듯 금세 웅크리고 앉았다. 조금 더 자세히 들여다보면 그들의 눈빛이 보였다. 곧 울어버릴 것 같은 눈망울들, 총기를 잃고 기쁨도 슬픔도 없는 표정들.

동물원에 간 지우는 그 어떤 동물을 보고도 놀라지 않았다고 한다. 감탄하지도, 기뻐하지도 않았다. 다만 의아해하고, 조금 무서워했다. 그림책과 TV 화면에서 본 야생의 풍광을 배경으로 멋지게 움직이는 동물 친구들은 어디에도 없었다. 아이는 그저 궁금했을 것이다.

"아빠, 치타는 자동차보다 빠르다며? 그런데 왜 움직이지 않아? 엄마, 곰돌이는 왜 자꾸 이쪽저쪽 움직이고만 있지? 기분이 안 좋은가? 왜 혼자 있어?"

아이는 동물들의 슬픔을 본능적으로 알아챘다. 사람이 세운 울타리 안에 고여 있는 고독과 기약 없는 황망함을 마음으로 읽은 듯했다.

상상했던 동물들을 만나지 못하고 돌아온 아이가 안쓰러웠다. 첫 동물원의 추억을 기억할 수 없을지도 모르지만, 아이의 마음에 그림자가 드리워진 것 같아 짠했다. 그날 나는 지우가 잘 때 얼굴 곁으로 살금살금 다가가 평소보다 더 꼭 붙어서 잤다. 꿈속에서라도 낮 동안에 느꼈던 찜찜한 마음과 싸우지 않도록, 보드라운 앞발로 아이의 어깨를 도닥여줬다.

오늘도 나는 보내지
못한 편지를 쓴다

멍때림의 소중함을
알리러 왔다네

어느 겨울, 남은 연차를 소진하기 위해 휴가를 낸 반려인 1이 아침 일찍 아이를 어린이집에 데려다주고는 헐레벌떡 들어왔다. '아차' 싶은 표정으로 반려인이 혼잣말을 했다. "아, 오늘은 다시 나갈 일이 없지."

종종거리는 마음을 내려두고 뜨거운 커피를 뽑아 마신 반려인이 작게 한숨을 폭 내쉬며 옆에 앉아 있는 내게 말했다. "쫓길 일이 없으니 이렇게 좋네, 만세야.

내가 '마감냥'이 되어보고서 느낀 건데, 인간들의 인생이야말로 마감의 연속인 듯하다. 인간들은 어떤 일에건 "언제까지 끝내야 하죠?"라는 말을 달고 산다. 반려인들의 생활을 보면 그렇다. 기사 마감, 프로젝트 마감은 그들의 밥벌이를 위해 당연한 일상이다. 낮의 밥벌이가 끝나고 난 다음에는 밤의 육아를 위해 시터 할머니 퇴근 시간에 맞춰 집으로 달려가야 한다. 이 또한 하루의 중대한 마감 일정이다.

원고를 쓰며 고양이의 눈으로 인간 세상을 바라봤다. 고양이들은 대부분의 시간 잠을 자고 나머지 시간 동안 장난치고 멍때리며 보낸다. 야생의 고양이라면 때때로 사냥을 하고, 제 영역을 침범하는 존재에 방어하기 위해 바짝 긴장하는 시간을 보내기도 한다. 그럼에도 대부분의 고양이는 주어진 시간 동안 세상을 넓고 아득한 시선으로 바라보며 느긋함을 놓지 않는다.

인간은 모든 것에 군림한다고 생각하겠지만, 사실 그 위에 캣 타워에서 내려다보고 있는 우리들이 있다. 인간들은 시간을 쪼개 쓰며 단순한 일을 복잡하게, 복잡한 일은 더 복잡하게 만들며 사는 것 같다.

내 글을 옮기는 반려인 1은 모두가 잠든 밤이면 나와 나란히 앉아 내 마음을 읽으려고 애쓰며 원고를 썼다. 그 일도 오늘로 마감이다. 벽에 반려인 1이 식탁 의자에 앉아 원고를 쓰다가 맞은편 의자에 다리를 걸치면 발바닥에 오동통하고 푹신한 내 몸이 닿곤 했다. 반려인 1은 그 시간 유일하게 안 자고 곁에 있는 존재를, 식탁 아래로 몸을 내려 바라보곤 했다. 이것이 바로 '고양이 시간'이다. 마감에 쫓겨 체증에 걸릴 것처럼 아침을 맞다가도 잠깐 쉬며 소화하는 시간이다. 그런 멍때림의 소중함을 알리기 위해 고양이가 인간 세상에 스며들었다는 사실을 사람들은 알까 모를까.

반려인 1이 육아휴직 중 칼럼 쓰는 걸 대필하다 기자가 되고 이렇게 책까지 쓰게 되었다. 모두 잠든 새벽에 잠자리를 털고 일어나 잠이 덜 깨 느리게 움직이는 발가락으로 타이핑을 했던 수많은 밤들. 오지 않을 것 같았던 에필로그를 쓰는 이 순간, 길고 지난했던 밤을 함께한 반려인 1이여, 이제 좀 자라.

한 번쯤 꼭 듣고 싶었던 말들

처음으로 만세의 목소리 대신 내 목소리를 낸다. 나와 함께 사는 동물들의 마음이 늘 궁금했다. 이를테면 제리가 경련을 끝내고 정신을 차렸을 때, 몇 날 며칠 앓으면서도 찍소리 내지 않고 참을 때는 꼭 한번 말을 걸어보고 싶었다. 아픈 제리를 살피느라 어떤 날은 한 번도 쓰다듬어주지 못했던 만세에게도 어떤 마음인지 물어보고 싶었다. 사람 아기가 태어나 이들이 보살핌을 받는 순서가 훌쩍 뒤로 밀려버렸을 때도, 그럼에도 아이에게 다정하게 구는 것을 볼 때도 자꾸만 말을 걸어보고 싶었다.

최대한 그들의 시선 가까이 세상을 보다 보면 동물들의 마음을 조금이나마 이해할 수 있지 않을까 생각했는데, 그럼에도 이것은 실패한 '옮긴이의 말'이지 싶다.

하지만 만세가 쓰고 만날 내가 날밤을 새서 옮긴 덕에 조금 더 낮은 시선으로 세상을 볼 수 있는 기회가 생겼다. 인간 중심의 세상에 스민 동물들의 기쁨과 슬픔을 조금씩 눈여겨보게 됐다.

난생처음 하는 육아를 도와준 만세에게 새삼 감사의 인사를 전한다. 매일 아침 아이가 깰 때쯤이면 늘 아이의 베개 곁으로 가서 어깨며 얼굴에 제 몸을 포근하게 기댄 만세가 늘 고맙다. 보드랍고 따뜻한 품을 내주는 그 모습을 매일 아침 볼 수 있음이 감사하다.

2010년 겨울 밤, 애견숍에서 처음 만나 함께 생사의 기로를 헤쳐나간 제리에게도 고맙다는 말을 전한다. 제리가 아니었더라면 동물이 인간에 의해 얼마나 많은 고통을 받는지, 얼마나 잔혹하게 이용되는지 제대로 돌아볼 기회가 없었을 것이다. 우리가 반성하고 돌아볼 수 있도록 온몸으로 아픈 동물을 대변하는 제리에게 응원을 보낸다.

이 책이 나올 때까지 오래 기다려준 문여울 편집자님에게도 고마운 마음만큼이나 큰 미안한 마음을 전한다.

그리고 원고를 채울 수 있도록 주말마다 육아를 전담한 남

나는
냥이로소이다

편과 엄마랑 놀고 싶지만 꿋꿋하게 기다려준 나의 꼬마 지우, 두 사람을 꼭 안아줘야겠다. 또한 늘 내 글을 응원해주는 나의 첫 번째 독자 아빠, 동생 주영과 승민, 그리고 어쩌면 갓 나온 이 책을 보며 독하고 따뜻한 말을 동시에 해줬을 하늘에 계신 나의 엄마에게도 고마운 인사를 보낸다.

KI신서 7283

나는 냥이로소이다

1판 1쇄 인쇄 2018년 2월 6일
1판 1쇄 발행 2018년 2월 14일

지은이 신소윤
펴낸이 김영곤 **펴낸곳** (주)북이십일 21세기북스

정보개발본부장 정지은
정보개발3팀장 문여울 **편집** 윤경선
출판영업팀 이경희 이은혜 권오권
출판마케팅팀 김홍선 최성환 배상현 신혜진 김선영 나은경
홍보기획팀 이혜연 최수아 김미임 박혜림 문소라 전효은 염진아 김선아
제휴팀 류승은 **제작팀** 이영민
본문디자인 임현주 **교정교열** 김순영

출판등록 2000년 5월 6일 제406-2003-061호
주소 (10881) 경기도 파주시 회동길 201(문발동)
대표전화 031-955-2100 **팩스** 031-955-2151 **이메일** book21@book21.co.kr

(주)북이십일 경계를 허무는 콘텐츠 리더

21세기북스 채널에서 도서 정보와 다양한 영상자료, 이벤트를 만나세요!
페이스북 facebook.com/21cbooks **블로그** b.book21.com
인스타그램 instagram.com/21cbooks **홈페이지** www.book21.com

서울대 가지 않아도 들을 수 있는 명강의! 〈서가명강〉
네이버 오디오클립, 팟빵, 팟캐스트에서 '서가명강'을 검색해보세요!

ⓒ 신소윤, 2018
ISBN 978-89-509-7330-8 03810